जंगली कबूतर

(उपन्यास)

जंगली कबूतर

इस्मत चुग़ताई

अनुवाद

मुशर्रफ़ आलम ज़ौक़ी

नबी अहमद

वाणी प्रकाशन

प्रकाशन के उत्कृष्टतम 61 वर्ष

पेपरबैक पहला संस्करण : 2005
पेपरबैक दूसरा संस्करण : 2008
पेपरबैक तीसरा संस्करण : 2012
पेपरबैक चौथा संस्करण : 2018
पेपरबैक पाँचवाँ संस्करण : 2024

vaniprakashan.com

वाणी प्रकाशन

4695, 21-ए, दरियागंज, नयी दिल्ली-110 002

फ़ोन : +91 11 23273167, 23275710

शाखाएँ

अशोक राजपथ, पटना-800 004, बिहार

कॉफ़ी हाउस कैम्पस, महात्मा गांधी मार्ग, प्रयागराज-211 001, उत्तर प्रदेश

महात्मा गांधी अन्तरराष्ट्रीय हिन्दी विश्वविद्यालय, वर्धा-442 001, महाराष्ट्र

sales@vaniprakashan.in
vaniprakashan@gmail.com

Jangli Kabootar
by Ismat Chughtai
Translated by Musharraf Alam Zauqi, Nabi Ahmad

ISBN : **978-93-8702-483-0**
Novel

मूल्य : ₹ 200

जी.एस. ऑफ़सेट, दिल्ली-110 095 में मुद्रित

वाणी प्रकाशन का लोगो मक़बूल फ़िदा हुसेन की कूची से

जंगली कबूतर

आधे अँधेरे कमरे में, आबिदा दोनों हथेलियों से कनपट्टियाँ दबाए गुमसुम बैठी थी। रात आहिस्ता-आहिस्ता सुर्मई धुएँ की तरह कमरे में भरती जा रही थी। मगर फ़िज़ा से ज़्यादा गहरी तब्दीली उसके वीरान दिल में घुटी हुई थी। आँसुओं के सोते सूख चुके थे और पलकों में रेत खनक रही थी। पास के बंगले में टेलीफ़ोन की घंटी बराबर सिसकियाँ ले रही थी। घर वाले शायद कहीं बाहर गए हुए थे। नौकरों के क्वार्टर से धीमी-धीमी बातों और बरतनों की झनकार सुनाई दे रही थी।

हाथ बढ़ाकर आबिदा ने डबल बेड पर पड़े हुए कवर की सिलवट मिटा दी। काश, इनसान के हाथों में इतना दम होता कि दिल पर पड़ी तह-ब-तह शिकनों को भी मिटा सकता। दहशत से डरकर उसने सरहाने का लैंप जला दिया। बेड कवर की हरी और सुर्मई कलियाँ खिल उठीं...आधा पलंग जाग उठा था मगर वह हिस्सा जहाँ माजिद सोते थे, क़ब्र जैसे अँधेरे में डूबा रहा। उनके सरहाने का लैंप आबिदा की पहुँच से दूर था और वह ये भी जानती थी कि बेड-लैंप की रौशनी उस अँधेरे को न तोड़ सकेगी, जिसमें वह डूब चुके थे।

'इद्दत' ख़त्म हुए भी छः माह बीत चुके थे। अम्माँ कितनी बार लिख चुकी थीं—कि बेटी 'ढनढार' घर में कब तक अकेली जान को घुलाती रहोगी।

मगर आबिदा ने दुख को जिंदगी का सहारा बना लिया था। उसके पास और उनकी कोई दूसरी निशानी भी तो न थी। माजिद के

ग़म में एक पहलू और भी था। जैसे वह ख़ूब जानती थी कि डबल बेड का आधा हिस्सा कभी उजागर न होगा। हाथ छू जाने पर 'उनका' जिस्म चौंककर आलिंगन की दावत कभी न देगा। उस कमरे में उनके बेहदख़ास सिगरेट की खुश्बू कभी न महकेगी। अब कोई स्नानघर में सुबह बड़-बड़ करके बेसुरे गीत न गाएगा। न बिना शेव किया किसी का खुर्दरा गाल ठुड्डी को छीलेगा।

ठीक खिड़की के पास चमेली की झाड़-झंखाड़ बेल पर चिड़ियाँ ऊधम मचा रही थीं। कोई बैलगाड़ी चूँ-चूँ आवाज़ करती हुई सड़क पर गुज़र रही थी। आबिदा दबे पाँव उठी, अलमारी खोल कर माज़िद की एक क़मीज़ निकाली। उसे खूब दोनों हाथ से मसला। फिर बड़ी सावधानी से ज़मीन पर फेंक दी। कोट, पतलून और टाई बेढंगेपन से आधी कुर्सी पर, आधी नीचे डाल दी। दराज़ में से एक सिगरेट और लाइटर निकाला। सिगरेट सुलगाई। माज़िद की तरफ़ का लैंप ऑन कर दिया, और सुलगती हुई सिगरेट ऐश-ट्रे के ऊपर टिका दी।

एकदम कमरे की वीरानी रफ़ू-चक्कर हो गई। आबिदा ने इत्मीनान से झूलने वाली कुर्सी पर बैठकर माज़िद का स्वेटर बुनना शुरू कर दिया।

मकन बाजी की शादी में पहली बार बारातियों के साथ क़हक़हे लगाते उसने भाई माज़िद को देखा था। वह उसके दूर के रिश्ते की मौसी के बेटे थे। देखा नहीं था, मगर सुना बहुत कुछ था उनके बारे में। बड़े फ़्लर्ट हैं। अनगिनत नाकाम और कामयाब इश्क लड़ा चुके हैं। हर साल उड़ती-उड़ती ख़बर आती थी कि भाई माज़िद ने किसी एक्ट्रेस से शादी कर ली। फिर सुनते, शादी होने वाली है। मगर किसी दोस्त की तलाक़शुदा बीवी से। कभी सुना, एक लेडी डॉक्टर पर मेहरबान हैं। सिविल मैरेज होने ही वाली है। और वह स्कूल टीचर, जिससे बेहद दोस्ती थी खुदकुशी की धमकी दे रही है। ये बातें सुन-सुन कर बहुत

सारा ग्लेमर उनके लिए पैदा हो गया था। भाई माज़िद के व्यक्तित्व से लड़कियाँ मज़े ले-ले कर उनके इश्क के तजुर्बों पर चुहलबाज़ियाँ करतीं।

बजिया की शादी के बाद ख़ानदानी दावतों में भाई माज़िद को और क़रीब से देखने का मौक़ा मिला। कहीं से भी यूसुफ़* द्वितीय न थे, लेकिन था कोई चार्म कि मिलकर कुछ जी जलता, कुछ दिल में गुदगुदियाँ-सी होतीं। कई लड़कियाँ तो बेतरह आशिक भी हो चुकी थीं और भाई माज़िद से छेड़ी जाती थीं।

''अच्छा तो आप हैं आबिदा!'' उन्होंने छूटते ही छींटा कसा था।

''जी, क्या आप से किसी ने मेरी शिकायत की?'' आबिदा ने चट से जवाब दिया।

''आं...नहीं तो, शिकायत तो नहीं की, ये मैंने कब कहा?''

''आपने कहा तो कुछ इसी अंदाज़ में।''

''चेहरा पहचानने में भी माहिर हैं आप?''

''जी, शुक्रिया!'' और वह बड़ी तेज़ी से मुड़कर ख़ाला बेगम का हाथ बँटाने डाइनिंग रूम में चली गई थी। उसे गुस्सा आ रहा था क्योंकि उसका दिल ख़्वाहमख़्वाह इस बुरी तरह धड़क रहा था।

''ए बी, ज़रा खीर के प्यालों पर पिस्ते की हवाइयाँ तो कतर कर छोड़ दो, ये लड़कियाँ तो खुदा जाने क्या पच्चीकारी कर रही हैं।'' ख़ाला बेगम ने प्याज़ के लच्छे सीख़ कबाब की डिश में जमाते हुए कहा।

आबिदा ने देखा—चार-पाँच लड़कियाँ दो खीर के प्यालों पर बजिया और उनके दूलहा का नाम पिस्ते की हवाइयों से लिखने में जुटी हुई थीं। वह झुक कर पढ़ने लगी तो शबाना ने शरारत से उसके होठों पर चाँदी का वर्क़ लगा दिया। शबाना भाई माज़िद की छोटी बहन थी। वह हर लड़की को भाभी कहकर चिढ़ाया करती थी।

खाना खिलाते में वह भाई माज़िद के पास से गुज़री तो उन्होंने

* पैगम्बर, जिनकी सुन्दरता का तज़किरा क़ुरान-शरीफ़ में आया है।

छींटा कसा।

"लोग ख़ातिर-मदारन की आड़ में तर-माल उड़ा रहे हैं।"

"अच्छा आप अंदर की बात भी जानते हैं या ऐनक में एक्स-रे लगी है जो पेट के अंदर का हाल मालूम कर सकती है।" उसने खट्टेपन से जवाब दिया, खुदा समझें, दिल फिर कुलांचें भर रहा था।

"पेट का एक्स-रे करने की ज़रूरत नहीं, होठ जुर्म की गवाही में खुद बोल रहे हैं।" तब चुड़ैल शबाना खिलखिलाने लगी थी। पोंछने के बाद भी होठों पर चाँदी के वर्क़ का असर बाकी था।

लेकिन जब उसकी नज़र भाई माज़िद के सामने रखे खीर के प्याले पर पड़ी तो दम निकल गया। "आबिदा-माज़िद"। पिस्ते की हवाइयों से लिखा हुआ था।

उसने चाहा प्याला बदल दे। मगर हाथ बढ़ाया तो माज़िद ने रोक दिया।

"जी ये मेरे हिस्से का है।"

"मैं...मैं...वह...मैं दूसरा ला देती हूँ" वह बौखला गई। "अगर अम्मी ने प्याला देख लिया, या किसी बूढ़े-बुढ़िया की नज़र पड़ गई तो क़यामत टूट पड़ेगी।"

"क्यों, इसमें क्या बुराई है?"

"कुछ नहीं...नहीं," उसने जल्दी से पाँचों उँगलियों से प्याला ढक लिया।

"तो फिर...छोड़िए मेरा प्याला," माज़िद की पाँचों उँगलियाँ ऊपर सवार हो गईं। आबिदा ने झिझककर हाथ खींच लिया।

"ओह!" भाई माज़िद ने प्याला का राज़ मालूम करके लाल होना शुरू किया, आबिदा को काटो तो ख़ून नहीं। वह तेज़ी से गिलासों में पानी उँड़ेलने लगी।

बाद में उसे हँसी आया करती थी मगर उस रोज़ उसने शबाना की वह टाँग ली थी कि रोते-रोते निगोड़ी का मुँह सूज गया। साथ में

माज़िद भाई का भी वह धोबी-पाट किया कि याद ही करते होंगे। क्योंकि शबाना ने सब रो-रो के अपने भैया से जड़ दिया।

"शबाना को रुलाकर क्या मिला, मुझसे नफ़रत के इज़हार के और भी तरीक़े हो सकते थे। वैसे इज़हार की, आपको ज़्यादा ज़हमत की ज़रूरत नहीं, मैं ऐसा कुंद-ज़हन नहीं हूँ," उन्होंने उसे दूसरी किसी दावत में घेर लिया।

"वह...मैंने गुस्सा में..." उसे गुस्सा आ रहा था कि उसे शबाना पर ऐसा शदीद गुस्सा क्यों आया?

"वह बच्ची है। समझती है जैसे वह अपने भैया पर जान छिड़कती है और भी सब लड़कियाँ वैसे ही महसूस करती होंगी। आप उसे पसंद हैं। बेइंतिहा पसंद हैं। अपनी समझ में वह निहायत दिलचस्प हरकत कर रही थी। उस बेचारी के फ़रिश्तों को भी नहीं मालूम था कि आपको उसने इतनी बड़ी गाली दे दी।"

"मैं...मुझे बड़ा अफ़सोस है। न जाने क्यों मेरी ज़बान को आग लग गई और मैंने बेचारी को डाँट दिया," आबिदा का जी चाहा, डूब मरे। ये सब क्या हो रहा था।

"सुनिए!" वह जाने लगी तो भाई माज़िद ने उसे रोककर पूछा।

"क्या आपसे जो कुछ किसी के बारे में कहा जाए, वह बग़ैर पूछे-गुछे यक़ीन कर लिया करती हैं।"

"नहीं तो।"

"फिर आपने उसे ताने क्यों दिये?"

"मैंने...पता नहीं मुझे उस वक्त क्या हो गया था...मैं उससे माफ़ी माँग लूँगी।"

"और ज़रा मुझसे माफ़ी माँगने के बारे में भी ग़ौर कीजिएगा। अगर कोई आपके बारे में ऐसी वाहियात बातें कहता तो बख़ुदा मैं कभी यक़ीन न करता।"

"क्यों यक़ीन न करते, आपको क्या पता कि..."

‘‘मैं जानता हूँ।’’

‘‘क्या जानते हैं?’’

‘‘आपको जानता हूँ...मेरी बहनें मुझे हर ख़त में आपकी एक-एक बात लिखती हैं। यहाँ तक कि किस दिन आपने कौन से कपड़े पहने थे।’’

‘‘ओह...’’ आबिदा को फिर गुस्सा आने लगा। लेकिन सिर्फ़ खुद पर।

‘‘अच्छा ये बताइए, आवारा, बदमाश और लफंगा होने के इलावा मुझमें और क्या-क्या कमियाँ हैं?’’

‘‘कुछ नहीं,’’ उसने मरी हुई आवाज़ में कहा। भाई माज़िद, तेज़ी से मुड़कर और लोगों से बातें करने लगे।

भाई माज़िद चले गए। उससे मिले भी नहीं, अम्मी को सलाम करने आये। वह अंदर दुबकी बैठी रही। उन्होंने उसके बारे में पूछा तक नहीं।

मगर एक सप्ताह के अंदर उसका पैग़ाम आ गया। बजिया ने बताया कि आबिदा की मर्ज़ी पुछवायी गई है। वैसे अम्मी ने तो हामी भर ली है।

‘‘यों ही।’’

‘‘और जो मैं इनकार कर दूँ तो...’’

‘‘ए हे दीवानी हुई हो, इतना अच्छा लड़का।’’

‘‘दुआ करें, अगर मुझे पसंद न हो तो?’’

‘‘ए चलो बनो मत, हमसे उड़ती हो, मुँह से बड़-बड़ बकती हो, ज़रा आईना उठाकर सूरत तो देखो।’’

और लाजवाब होकर आबिदा फूट-फूटकर रोने लगी।

‘‘ए बी दीवानी हुई है, उसमें क्या ऐब है, दिल ही तो दिया है, कोई खुदा न करे इज़्ज़त तो नहीं दे दी।’’

‘‘बजिया....मुझे डर लगता है।’’

''काहे से?''

''पता नहीं।''

''चलो दीवानी न बनो, फिर कल शादी थोड़ी हो रही है, माज़िद मियाँ ने तुमसे ख़तो-किताबत की इजाज़त तलब की है।''

''नहीं भई...दूसरे, ख़तो-किताबत से क्या होता है।''

''ए बी तो क्या कोर्टशिप लड़ाने के इरादे हैं। अरी तुम तो इतनी खुशनसीब हो कि बातचीत का भी मौक़ा मिला। हमने तुम्हारे दूलहा भाई की एक झलक भैंस की कोठरी में से छुपकर देखी थी। और अल्लाह क़सम इस एक झलक ने अपने तो छक्के छुड़ा दिए। बस दिन-रात ये लगता था, वह आए हैं। बैठे घूर रहे हैं। आँखों ही आँखों में छेड़ रहे हैं। तौबा!'' बजिया हँसते-हँसते लोट गईं।

''दिल फेंक बेशक हूँ मगर इतना यक़ीन दिलाता हूँ कि अब तक इस दिल को किसी ने लपका नहीं है।'' माज़िद ने अपने ख़त में लिखा, ''और ये दावा नहीं कर सकता कि तुमसे शादी करने के बाद ज़ाहिदे-ख़ुश्क बन जाऊँगा, ये तुमको, फैसला करना होगा कि तुम अपनी चीज़ वापस लेकर किसी और को देने दोगी या नहीं?''

''मैं दिल लेने-देने की चीज़ नहीं समझती, दिल कुछ भी हो, आपकी मिल्कियत ही रहेगा। आप जी चाहे तो बाँटते फिरिएगा। मगर ये याद रखिए कि मैं भागीदार नहीं बन सकूँगी,'' आबिदा ने जवाब दिया।

''भई बड़ी कट-हुज्जती करती हो। इसका ये मतलब है हमारी शादी नहीं हो सकती।'' माज़िद ने लिखा।

''नहीं इसका ये मतलब नहीं,'' आबिदा ने बड़े सोच-विचार के बाद जवाब दिया।

शादी के बाद आबिदा को मालूम हुआ कि जो चिट्ठियों के द्वारा जीत सकता है, वह जब आमने-सामने हो तो इंसान कैसा बेबस, कितना अपाहिज महसूस करता है। उसने कभी किसी दूसरे मर्द से मुहब्बत तो दूर उसके ख़्याल को भी दिल में जगह नहीं दी थी। माज़िद के इश्क में उसे खुदा का जलवा नज़र आया। दोनों हाथों से अपनी दुनिया समेटकर उसके वजूद में डुबो दी। मगर औरत वाली ख़ुद्दारी को हाथ से न जाने दिया। अगर माज़िद को आने में कभी ज़रा देर हो जाती तो वह बेक़रार डबडबाई आँखों से दरवाज़ा तका करती लेकिन जब वह घर में दाखिल होता तो अपने दिल की धड़कनों को मसल कर बड़ी 'बेताल्लुक' सी बनकर किसी फ़िज़ूल से काम में लग जाती। वह बेक़रारी से उसे अपने आग़ोश में खींचता तो वह ज़ब्त क़रके उसके जोश पर ठण्डे पानी के छींटे डाल देती।

"अरे-अरे...ये क़ालीन तो देखिए, ठीक है ना।" और माज़िद क़ालीन को देखने लगता। इतने में उसका जोश ठंडा पड़ जाता। वह उसे प्यार की तरफ़ ध्यान देने का कम से कम मौक़ा देने के लिए किसी बेकार-सी आर्थिक और राजनीतिक समस्या में उलझा देती।

और तो और वह इस डबल बेड पर भी ज़र्रा-बकतर (कवच) न उतारती।

क्योंकि वह उससे डरती थी।

वह हरजाई था ना!

वह सोचा करती अगर उसने वाक़ई अपना सारा अस्तित्व उसके सुपुर्द कर दिया और अगर उसने उससे दग़ा की तो फिर वह कहीं की न रहेगी। फिर वह ज़िंदा न रह सकेगी। इसलिए वह उसे हर वक़्त यही जताती कि उसके इलावा भी दुनिया में काम की चीज़ें हैं, जो उसकी दिलचस्पी का कारण हैं।

मगर एक वाक़िया ने उसकी पॉलिसी को चकनाचूर कर दिया। वही हुआ जिसका उसे डर था। माज़िद के अतीत को वह भूल जाना चाहती थी मगर उसने बढ़कर उसका गला ही पकड़ लिया।

एक दिन उसे किसी अनजान व्यक्ति ने फ़ोन किया कि माज़िद को तुरत अस्पताल भेज दो। कमरा नंबर 6 में उसकी बीवी के बच्चा हुआ है। बच्चा तो तंदुरुस्त है मगर माँ का आख़िरी वक़्त है। जे. जे. अस्पताल में है।

जब माज़िद घर में दाख़िल हुआ तो वह आबिदा को देखकर बदहवास हो गया। वह उस वक़्त से वहीं टेलीफ़ोन के पास बैठी थी। अभी तो उसके बियाह की मेहँदी भी नाखूनों पर चमक रही थी मगर उसका जिस्म सर्द था और चेहरा मिट्टी की तरह पीला।

"तुम्हारी बीवी के बच्चा हुआ है।" उसने मुस्कुराकर कहा।

"अरे अभी तो शादी को दो महीने भी नहीं हुए। भई वाह!" उसकी आवाज़ सुनकर माज़िद के गए हुए हवास लौट आए और उसने उसे बाँहों में समेट लिया।

"मज़ाक़ मत करो, इनसान हो या दरिंदे," वह उसे झटककर दूर हो गई, "एक लाचार औरत तुम्हारे कमीनेपन का शिकार हो रही है और तुम..."

"आबिदा, ये क्या कह रही हो?"

"मैंने तुम्हें हर जगह फ़ोन किया..."

"मगर..."

"जे. जे. हॉस्पिटल में...बच्चा तंदुरुस्त है, मगर माँ का आख़िरी वक़्त है।" उस पर 'हिज़यानी कैफ़ियत' तारी हो गई।

"तुम्हें क्या हो गया है...तुम्हारे सर की क़सम। तुम्हारे सिवा मेरी कोई बीवी नहीं।"

"तो क्या तुमने उसे तलाक दे दिया दरिंदे...अपने बच्चे की माँ को"...अगर उसका बस चलता तो वह उसका गला घोंट देती। माज़िद

ने उसे सँभालना चाहा मगर उसने उसका मुँह खसोट डाला। कपड़े फाड़ दिये। और दोनों हाथों से मुँह छुपाकर फूट पड़ी।

"आबिदा खुदा के लिए...रो मत। मेरी बात सुनो।"

"मुझे हाथ न लगाओ, तुम समझ रहे हो, मैं अपनी क़िस्मत को रो रही हूँ, नहीं-नहीं ख़ुदा क़सम मैं उस बदनसीब औरत के लिए रो रही हूँ जिसके साथ तुमने धोखा किया।"

"ओह, खुदा ये क्या क़िस्सा है।" माज़िद को कुछ अक़्ल आई। उसने जे. जे. हॉस्पिटल फ़ोन किया।

"हेलो...प्लीज़ क्या आप बता सकते हैं कि कमरा नंबर 6 में मरीज़ का नाम क्या है?"

बड़ी कोशिश के बाद मालूम हुआ, कमरा नंबर 6 खाली है।

"ओह...तो वह मर गई। ए खुदा...तुम कातिल हो...तुमने उसे मार डाला...और तुम्हारा बेटा...बदनसीब बच्चा, अब उसका क्या होगा...यतीमख़ाने में पलेगा... नहीं...वह यतीमख़ाने में नहीं पलेगा। उसे माँ का प्यार नहीं मिला और उसका बाप शैतान है।"

एक मुसीबत हो गई। बड़ी मुश्किलों से जे.जे. हॉस्पिटल से गवाही दिलवाई गई कि कमरा नंबर 6 में किसी औरत को बच्चा नहीं हुआ न कोई औरत मरी। एक बदहज़मी के मरीज़ लालाजी थे, उनको भी दो दिन हुए, मरे हुए। फिर इस पहेली का भेद खुला, माज़िद के दोस्त जिन्होंने ये भोंडा मज़ाक़ किया था। वह समझे थे आबिदा मज़ाक़ पर हँस देगी। बड़ी बहसों के बाद तय हुआ कि वाक़ई ग़लती उस मूर्ख दोस्त की थी और आबिदा के ज़ेहनियत की, कि उसने इस तुहमत का यकीन कर लिया। बात आई-गई हो गई मगर आबिदा उस टेलीफ़ोन के बाद जो उसके दिल पर गुज़री थी, न भूल सकी। ये बात उसे बार-बार डरावना ख़्वाब बनकर सताती थी कि उसके हस्पताल में बच्चा हुआ है,

आख़िरी वक़्त है और माज़िद की नई बीवी उसे ढूँढ़ रही है। टेलीफ़ोन कर रही है। और वह नहीं मिलता और वह कमरा नंबर 6 में दम तोड़ देती है।

मगर दस वर्ष बीत गए, ख़्वाब सच्चा साबित न हो सका। डॉक्टरों ने जवाब दे दिया। दोनों तंदुरुस्त हैं, बच्चा न होने की कोई वजह नहीं।

''ख़ुदा के लिए आ जाओ,'' माज़िद का ताज़ा ख़त उसके सामने था। तार और ख़त लगातार आ रहे थे, ''अम्मीजान की हालत बहुत नाज़ुक है।'' वह बार-बार जवाब देती। माज़िद की माँ पर फ़ालिज का दूसरा हमला था। वह उन्हें देख आया था। और आबिदा उनकी सेवा के लिए रुक गई थी। अब बड़ी बी न मरती थीं और न अच्छी होती थीं। ''मैं उन्हें अकेला छोड़कर कैसे आ जाऊँ? ऐसे तड़पे क्यों जा रहे हो, फिलहाल वहाँ किसी से इश्क कर डालो, गुज़र हो जाएगी।'' वह मज़ाक़ में छेड़ने को लिखती, जिसके जवाब में माज़िद चिढ़ जाता।

''क्यों, क्या दस वर्ष में सारे दाँव-पेंच भूल गए।'' और वह जलाने को लिखती, 'बेचारे'।

''तुम्हारी शामत आई है।'' वह जलकर लिखता।

ख़ुदा-ख़ुदा करके अम्मीजान ज़रा ठीक हुईं तो मकन बाजी अपना छठा बच्चा जनने आ टपकी। एक आबिदा ही 'छड़ी' थी बाक़ी सब खुद अपने चूज़े समेटने में जुटी हुई थीं।

''कहो तो बजिया को ऐसी हालत में छोड़कर आ जाऊँ?'' उसने माज़िद को लिखा।

''नहीं, ऐसी तो कोई जल्दी की ज़रूरत नहीं, मगर ख़ुदा के लिए उसके बाद तुरत आ जाना।'' माज़िद ने मुर्दा-दिली से जवाब दिया।

इस चक्कर में पूरे छः महीने लग गए। जब वह आई तो माज़िद

मियाँ का कुछ मुँह फूला हुआ था। मगर आबिदा घर की उजड़ी सूरत सँवारने में जुट गई। न चादर तौलिया का पता, न बरतनों का ठिकाना, आधे अड़ोस-पड़ोस में माँगे हुए थे।

"ख़ुदा के लिए नए ख़रीद लो कि छुट्टी हो।" माज़िद ने हर वक़्त चम्मचों और कटोरों का ज़िक्र सुनकर आजिज़ होकर कहा। मगर आबिदा को तो एक धुन सवार थी। उसने जब तक घर चंदन न कर लिया, तब तक चैन से न बैठी।

बेडरूम, ड्राइंगरूम और बावर्चीख़ाना सजा चुकने के बाद उसने कपड़ों-लत्तों पर नज़र डाली। माज़िद के लगभग आधे कपड़े ग़ायब थे। खुद उसकी साड़ियाँ नहीं मिलीं, सूफ़यानी और क़ीमती को छोड़कर बहुत-सी ग़ायब थीं। वह नौकरों को फटकारती रही। सब ही क़ुरान उठाने को तैयार हो गये। बेरा खुद रोज़ साहब के सामने उनके बेडरूम में ताला लगाकर चाबियाँ उन्हें थमा देता था।

सबसे ज़्यादा तो उसे फ़िक्र माज़िद की हुई। वह भी क़रीब-क़रीब आधा ग़ायब था! उजाड़ सूरत कुछ खोया-सा। आबिदा घर के चक्कर में ग़ौर भी न कर सकी। वह भी कुछ गूँगा-सा हो गया था।

"तुम वापस आकर भी नहीं मिलतीं," उसने शिकायत की।

"देख रहे हो, घर की क्या हालत हो गई है—मेरा टेलकम पावडर का डिब्बा भी ग़ायब है, किस-किस चीज़ को रोऊँ।"

"उसकी बदबू सख़्त नापसंद थी तुम्हें।"

"मुझे तो नहीं, तुम ही नाक-भौं चढ़ाते थे। ख़ैर ग़ारत हो गया तो कोई बात नहीं। मुझे तो इस बात का गुस्सा है कि ये झाड़ू फेरी किसने।"

"मैंने!" माज़िद ने मुजरिमों की तरह उसकी तरफ़ देखकर कहा।

सिगरेट जलकर मेजपोश पर गिर पड़ी। एक झटके से वह

‘अतीत’ से भाग कर कमरे में लौट आई। इस लंबे सफ़र ने उसे शिथिल कर दिया। उसने स्वेटर कुर्सी पर रख दिया। जब ख़त्म हो जाएगा तो उसे ‘प्रेस’ करके पिछले हफ़्ते जो स्वेटर ख़त्म किया था, उसी के साथ रख देगी।

उसने खुद को ग़म के हवाले कर दिया। और अपनी तरफ़ के ‘हिस्सा’ पर लेट गयी। आँसू कनपट्टियों पर बहकर बालों को भिगोने लगे। उसने पास के तकिए पर धीरे से हाथ रखा और फिर अतीत की तरफ़ मोड़ लिया। इतनी बार हर वाक़िया को दोहराया था कि सिलसिला जोड़ने में जरा भी दिमाग़ पर ज़ोर डालने की ज़रूरत न हुई।

“कैंटीन में काम करती है?”

“कितनी बार पूछोगी।”

“जितनी बार तुम कहते रहोगे कि तुम्हें उससे मुहब्बत नहीं।” उसकी आवाज़ में मौत की सी ‘शांति’ थी।

“तब तो ये बहस कभी ख़त्म न होगी।”

“इसके बाद भी तुम्हारी राय में, मुझे इस घर से जाना नहीं चाहिए।”

“हाँ!”

“मैं इस ढंढार घर में अकेली क्या करूँगी। तुम जाओगे तो...”

“नहीं,”

“मगर..”

“मैं तुम्हारे बिना नहीं रह सकता,” माज़िद ने बच्चों की तरह ज़िद की। आबिदा का जी चाहा उसका मुँह नोच ले। वह सिर्फ़ मुस्कुराकर रह गई। माज़िद की आँखें झुक गईं।

“मैं सुबह की गाड़ी से चली जाऊँगी,” वह निर्णायक अंदाज में उठी।

"तुम सुबह की गाड़ी से तो न जा सकोगी," माज़िद ने बड़े विश्वास से कहा। "इतने सवेरे कफ़न-दफ़न का इंतेज़ाम न हो सकेगा।"

"फिर वही धमकियाँ! सोचो तुम क्या कह रहे हो? मेरा ज़ब्त फौलाद का नहीं बना।"

"मेरा भी यही ख़्याल था, काश मैं तुम्हारे ज़ब्त की दीवार ढा सकता! तुम आम औरतों की तरह मेरा मुँह नोच लेतीं। मगर तुम आम नहीं, तुम आबिदा हो, तुम्हारे क़दमों पर सर रखकर अपने गुनाहों की माफ़ी माँगने की भी हिम्मत नहीं होती।"

"इन बेकार की बातों से कोई फ़ायदा नहीं। तुम्हारा फ़र्ज़ है कि इंसाफ़ को हाथ से न जाने दो। मैं नहीं चाहती कि तुम उसके साथ भी दग़ा करो।"

"आबिदा, तुम्हारे नर्म लहजा का ज़हर मुझे परेशान किए दे रहा है। मैंने सिर्फ़ इस उम्मीद पर कि शायद तुम दूसरी औरतों से अलग हो, इसलिए मेरी ग़लती पर बेताल्लुक़ होकर सोच सकोगी अब तक वह कुछ नहीं किया जो मुझे करना चाहिए था।"

"क्या करना चाहिए था जो अब तक नहीं किया?"

"मुझे ज़िंदा रहने का कोई हक़ नहीं, एक अधूरे इनसान को अगर माफ़ नहीं किया जा सकता तो एक ही रास्ता रह जाता है।"

"यानी ख़ुदकुशी।"

"बिलकुल।"

"इन रोमांटिक बातों में क्यों उलझाते हो," आबिदा ने उकताकर कहा।

"आबिदा...अगर मैंने ग़लती से अंगारा उठा लिया तो क्या अब सारी उम्र उसे हथेली पर रखे फूँकता रहूँ।"

"यह बिलकुल ही एक भोंडी मिसाल है, शोलों से खेलने के तो तुम हमेशा से आदी हो। दस बरस तुम एक अपरिचित और अप्राकृतिक ज़िंदगी गुजारते रहे। मौका मिलते ही तुम अपनी असलियत पर आ

गए।'' आबिदा के लहजे में सख़्ती थी। माज़िद को कुछ उम्मीद बँधी।

''आबिदा अगर ऐसी ही मूर्खता तुमसे घटित हो जाती तो मैं ऐसी सज़ा न देता। क्या तुम्हारा ख़्याल है, वाक़ई मैं इस ख़ाली दिमाग़ वाली गँवार लड़की के साथ ज़िंदगी गुज़ार सकता हूँ।''

''अगर वह वाक़ई इतनी दिलचस्प न थी तो फिर तुम्हारी महबूबा, दिलनवाज़ कैसे बनी?''

''लेकिन अगर कोई शौच के लिए शौचालय में दाखिल हो जाए तो फिर उसे वहीं क़ैद कर देना चाहिए, और क्या वह वहाँ सारी उम्र रह सकता है? मैंने कभी दावा नहीं किया कि मैं फरिश्ता हूँ। तुम अच्छी तरह जानती हो कि मैं निहायत बोदा और नामुकम्मल इनसान हूँ, मगर इतनी बड़ी सज़ा का हक़दार नहीं। खुद ही सोचो अगर मैं उसे बर्दाश्त कर सकता तो कौन-सी रोक की दीवार बनी थी। तुम्हारी ज़बरदस्ती की ज़रूरत न होती। मैं तुम्हें बिना आपत्ति किए छोड़कर जा सकता था। क्या तुम मुझे रोकतीं?''

''क़तई नहीं।''

''यक़ीनन, तुम तो मुझे दोनों हाथों से धकेल रही हो, अगर मुझमें ज़रा भी ख़ुद्दारी होती तो मुँह काला कर जाता।''

''अगर मुझसे कुछ ऐसी ही चूक हो जाती?''

''तो मैं तुम्हारी हड्डियाँ तोड़ के रख देता मगर तुम्हें एक वहशी दरिंदे के साथ रहने की सज़ा न देता।''

''तुम क्या चाहते हो?''

''कि तुम जो सज़ा चाहो दे लो। तुम्हें मुझसे घिन आती है तो मैं तुम्हें तुम्हारी मर्ज़ी के बिना हाथ भी न लगाऊँगा। हम दो दोस्तों की तरह तो रह सकते हैं।''

''मगर क्या ज़रूरी है कि दोस्त रहें भी साथ। उसे तुम्हारी ज़रूरत है। वह अकेली ज़िंदगी का मुक़ाबला कैसे कर सकेगी।''

''तुम्हें उस पर बहुत रहम आ रहा है।''

"वह रहम के क़ाबिल है, और फिर उस बेगुनाह मासूम का क्या बनेगा? माज़िद तुम्हें उससे शादी करनी ही पड़ेगी।"

"आबिदा..." माज़िद ने उठकर बेक़रारी से टहलना शुरू कर दिया, "तुम...तुम जो भी फैसला करोगी मैं उस पर अमल करने को तैयार हूँ। सिर्फ़ शादी के, नहीं। पुरानी घिसी-पिटी सज़ा न दो। ये मैं नहीं सहन कर सकूँगा। शादी किसी मजबूरी या दबाव के बिना पर नहीं की जाती।"

"मगर एक मासूम..."

"मैं माली मदद से इनकार नहीं कर रहा हूँ जो पब्लिसिटी होगी सो अलग।"

"माली मदद....मुझे नहीं मालूम था कि तुम रुपये को इतना महत्त्व देते हो, क्या माली मदद से हर बात की क्षतिपूर्ति हो जाती है?"

"मुझे दुनियादारी से नफ़रत है, ये शादी सिर्फ़ दुनिया को दिखाने के लिए करना ज़मीर से ग़द्दारी होगी। मैं उस लड़की के साथ लंबा सफ़र नहीं कर सकता।"

"ज़्यादा नाटक करने की ज़रूरत नहीं। मैं खूब समझती हूँ, अगर तुम्हें उसका ख़्याल नहीं था तो उसे मेरी साड़ियाँ क्यों दीं?"

"सिर्फ़ इसलिए कि वह मुझे सख़्त नापसंद थीं। इसलिए फेंक दीं।" माज़िद ने मरी हुई आवाज़ में कहा, "आबिदा क्या मैंने वाक़ई ऐसा गुनाह किया है, जो इससे पहले किसी ने नहीं किया। मैं तुम्हें कितनी बार समझा चुका हूँ, मैं बहुत परेशान था। मैंने तुम्हें ख़त लिखे। तार दिए। तुम न आईं...मैंने साफ़-साफ़ लिखा कि मुझे तुम्हारी ज़रूरत है। मेरे ख़त उठाकर देखो। मैंने ये तक लिखा कि मेरी जान और ईमान पर बन आई है। खुदारा, मेरी मदद करो, मुझे बचा लो।"

"अम्मीजान को कैसे छोड़ कर आती, फिर बजिया की ज़चगी.."

"तो अगर इस वक़्त मैं मर भी जाता तो तुम न आतीं। सास

और बहन के आगे मेरी क्या हक़ीक़त थी।''

''ख़ुदा न करे। अगर तुम बीमार होते तो...''

''तो क्या मैं बीमार नहीं था?''

''ये कोई बीमारी नहीं,'' आबिदा खिसियानी हो गई।

''जानेमन! दुनिया की ये सबसे भयानक बीमारी है, इसने बड़े-बड़े महा ऋषियों के छक्के छुड़ा दिए हैं।''

''उफ़! तुम अपनी वकालत छाँट रहे हो, मेरी कुछ समझ में नहीं आता।''

''आबिदा मैं तुमसे हर्गिज़ उम्मीद नहीं रखता कि तुम मुझे माफ कर दो और सीने से लगा लो। हालाँकि इस चमत्कार पर मैं अपनी तीन चौथाई ज़िंदगी निछावर करने को तैयार हूँ। मैं जानता हूँ तुम्हारे दिल में अब मुझे वह जगह नहीं मिल सकती जो मैंने खो दी। मगर मैं फिर तुमसे विनती करूँगा, एक बार उससे मिल आओ, फिर फैसला करना। अगर फिर भी तुम अपने फैसले पर अटल रहीं तो तुम जो कहोगी, वही होगा।''

''जानती हूँ तुमसे न जीत सकूँगी। मुझे अपना उसूल बदलना पड़ेगा, तुम एक शादी और भी कर सकते हो, मेरी इजाज़त से।''

''मुझे तुम्हारी इजाज़त के बिना अभी तीन शादियों का अधिकार प्राप्त है।''

''शादी एक पवित्र बंधन है, जो हर राह चलते से नहीं किया जा सकता, और न बार-बार किया जाता है।''

''राह चलते से प्यार किया जा सकता है?''

''अगर कोई मोरी में फिसल पड़े तो इसका ये मतलब नहीं कि उसे गंदगी से प्यार हो गया। जिस्म का मिलाप अगर उसमें रूह का दख़ल न हो, प्यार नहीं कहलाता। हवस और मुहब्बत में फ़र्क़ है।''

''उफ़ खुदाया...'' आबिदा ने दोनों हाथों से सर थाम लिया, उसे आश्चर्य हो रहा था कि वह किस ख़ूबसूरती से ज़िंदगी के भयानक

हादसे के बारे में गुफ़्तगू कर रही थी। उसका दिल तमाम जज़्बात से ख़ाली था।

“मैं अब ज़्यादा तुमसे अपनी ज़िंदगी की भीख नहीं माँगूँगा।”

अगर आम मर्दों की तरह वह ज़बरदस्ती पर उतर आता तो आबिदा क्या कर लेती।

“मैं कह चुका हूँ वह लड़की बिलकुल खोखली है।”

“जिस्म तो खोखला नहीं,” आबिदा ने ताना दिया।

“जिस्म भी...ये मेरे लिए इतने ‘अज़ाब’ लाया कि मुझे उससे घिन आने लगी। आबिदा, मैंने कई बार सोचा तुम्हारे आने से पहले छुटकारा पा लूँगा। तुमसे कैसे आँखें चार करूँगा। मगर तुम्हारे मुँह से तुम्हारा फैसला सुने बिना मैं मर भी तो न सका।”

“बस वही कमसिन लौंडों जैसी धमकियाँ। कभी अम्मीजान के बुढ़ापे का भी ख़्याल आता है, उन्हें तो चैन से मर जाने दो। इकलौते बेटे का ग़म इस बुढ़ापे में पहुँचाना सबसे बड़ी बुज़दिली है।”

‘न जाये मान्दन न पाये रफ़्तन।’

“अगर बच्चे के ख़्याल से...निकाह करके बाद में तलाक़ दे देना।”

“मुझ जैसा अधूरा इनसान अगर ज़बरदस्ती बाप बना भी दिया गया तो बच्चा उस पर गर्व कर सकेगा?”

“वह पैदा होने से पहले ही यतीम हो जाएगा, और ये शादी और तलाक़ का ढकोसला मुझसे न हो सकेगा।”

इसी डबल बेड पर प्यार और मुहब्बत के धड़कते हुए लम्हे ज़िंदगी भर का ‘हासिल’ बने थे। वह रात गए तक मिल कर किताबें पढ़ता। प्यार करता। और फिर दुनिया भर की बहसें और फिर प्यार और फिर गपें। एक-दूसरे के वजूद से जी ही नहीं भरता था। कभी ख़ाली गोद की कसक भी नहीं महसूस की।

आज उसी पलंग पर दो अजनबियों ने बैठे-बैठे सुबह कर दी।

मैला-मैला उजाला कमरे में रहने लगा था। बावर्ची की कोठरी से बच्चे के ठुनकने की आवाज शुरू हो गई थी। इन बदनसीब मियाँ-बीवी के चेहरे धूल की तरह पीले और बेजान हो रहे थे। ये सुहागरात का शबे-बेदारी नहीं, क़यामत की वह रात थी, जो सूर्य की रोशनी में भी अँधियारी ही रहेगी। माज़िद की आँखों के आस-पास ऊदे-ऊदे हल्क़े पड़ गये। ऐश-ट्रे जले हुए सिगरेटों से उबली पड़ रही थी। दोनों थककर अपनी-अपनी जगह सिकुड़ गए।

माज़िद की कनपट्टियों पर झुलसी हुई चाँदी के तार झिलमिला रहे थे। आबिदा का दिल चाहा, वह सब कुछ भूलकर उसकी बिना शेव की नीली खुरदरी ठुड्डी पर अपने प्यार से होठ रख दे और जन्म-जन्म से जो आँसू रुके हुए हैं, बह जाएँ।

तब ये भयानक ख़्वाब टूट जाएगा और वह जाग जाएगी।

मोरी की कीचड़ से चप्पल बचाती नाक पर साड़ी का पल्लू दबाए वह बढ़ी चली जा रही थी। किसी दरवाज़े की चौखट पर दम्मा की सताई हुई कोई बुढ़िया बैठी साँस की धौंकनी से जूझ रही थी। होटल में रेडियो चिंघाड़ रहा था। नंग-धड़ंग बच्चे मोरी के किनारे उकड़ूँ बैठे थे। एक बिल्ली का बच्चा एक कागज़ के पुर्ज़े पर बड़ी गंभीरता से हमला कर रहा था। उसकी आमद की ख़बर फैल रही थी। लोग बालकनियों से झुककर उसे देख रहे थे।

मोना ने दरवाज़ा खोला। आँखें आधी खोल कर उसे देखा और दरवाज़ा खुला छोड़ कर अंदर चली गई। ये अंदर आने की गोया इजाज़त थी। ऊँची-सी तकलीफदेह कुर्सी पर बैठकर आबिदा सोचने लगी, उसने आने की मूर्खता क्यों की। माज़िद की बात का यक़ीन क्यों न किया।

मोना अच्छी शक्ल वाली, भरे-भरे जिस्म की लड़की थी। और इस वक़्त तो वह कुछ ज़्यादा ही 'भर' रही थी और वह कुछ छिछोरेपन से चल भी रही थी। कुछ ऐसे, गोया दिखाना चाहती हो कि वह जिस नेमत के लिए तुम दस बरस डॉक्टरों से जूझती रहीं, मेरे सर जबरदस्ती मढ़ दी गई। तुम्हारा अज़ाब मुझे भोगना पड़ रहा है।

"तुम...तुम चाहती हो, वह शादी कर लें।" आबिदा का तालू चटख रहा था। 'गद्दी' में कोई धप-धप पैर पटक रहा था। कनपट्टियाँ तन रही थीं। सारी रात जागने और जज़्बाती भूचाल के बाद उसे मैदान में नहीं आना चाहिए था।

शादी का तुम्हें कौन-सा तमगा मिल गया, जो मुझे मिल जाएगा। उसने सिगरेट सुलगाई और मुँह भर के धुआँ खींचा। फिर आहिस्ता-आहिस्ता नाक और मुँह से छोड़ने लगी। मर्दों के सिगरेट की खुश्बू आबिदा को बहुत अच्छी लगती थी। मगर उसकी सिगरेट से दम घुटने लगा।

"तो फिर क्या चाहती हो।"

"इस मुसीबत का इलाज मालूम करना चाहती हूँ," उसने सिगरेट ज़मीन पर डालकर मसल डाला। मुँह भींच कर भागी और ग़ुस्लख़ाने में घुस गई।

उसकी उल्टी की आवाज़ सुनकर आबिदा सर से पैर तक लरज़ने लगी। अगर ये आवाज़ अम्मीजान के कानों तक पहुँच जाती तो? एक बार उसे यूँ ही बदहज़मी की वजह से सुबह-सुबह उल्टी हो गई तो अम्मीजान 'नुक्तियाँ' बाँटने पर तुल गईं। मोना ग़ुस्लख़ाने से आँखें पोंछती निकली और निढाल-सी आकर कुर्सी पर बैठ गई। थोड़ी देर ख़ामोशी रही।

"तुम अगर इस मुसीबत से पीछा छुड़ाना चाहती हो तो इत्मीनान रखो इंतेज़ाम हो जाएगा, माज़िद का बच्चा! सारे ख़ानदान का इकलौता!

वह ख़ुद पाल लेगी।''

''और जब तक मेरे बदले धंधा तुम सँभालोगी,'' उसने कमीनेपन से मुस्कुरा कर कहा। आबिदा ख़ून का सा घूँट पीकर रह गई। ये घूँट अब उसकी आदत बनते जा रहे थे।

''हाँ,'' उसने खुश मिजाज़ी से कहा, ''तुम्हें रुपए से मतलब, वह तुम्हें हर माह पहुँच जाया करेगा।''

वह थोड़ी देर तक आबिदा को बड़े रहम की निगाहों से देखती रही।

''तुम बाँझ हो?'' उसने धीरे से कहा, ''कितनी खुशनसीब हो?''

''नसीब अपने हाथ में तो नहीं!''

''तुम्हें अपने शौहर से नफ़रत नहीं?''

''और मुझसे?''

''तुमसे नफ़रत करके क्या मिल जाएगा?''

''न मिले कुछ बला से, लेकिन अगर तुमने मेरा मियाँ छीन लिया होता तो मैं तुम्हारा क़त्ल कर देती।''

आबिदा का जी चाहा कि कह दे, ये तुम्हारा भ्रम है। मगर वह टाल गई। कौन उसके मुँह लगे।

''मगर तुम तो वाक़ई फ़रिश्ता हो!'' वह धीमी आवाज में बोली ''मुझे आजकल ज़रा-ज़रा सी बात पर गुस्सा आता है। मोहल्ले के लोग बड़े कमीने हैं। मेरी लैंड लेडी पक्की 'हर्राफा' है। एक महीना का भी किराया चढ़ा तो मुझे सड़क पर फेंकवा देगी। तुम्हारे चहेते मियाँ की मेहरबानी से नौकरी भी गई, वह मुझे टाइपिंग और शार्ट हैंड सिखा रहे थे। मुझे क्या मालूम था कि ऐसे भोंदू हैं कि मुझे मुसीबत में फँसा देंगे।''

''तुम अगर पसंद करो तो मैं तुम्हारे रहने का इंतेज़ाम करा सकती हूँ। पूना में मेरी एक सहेली है।'' आबिदा ने बात का रुख़ बदलते हुए कहा।

"तुम्हारी सहेली मुझे रख लेंगी?"

"ज़रूर रख लेंगी, उन्हें बताने की क्या ज़रूरत है, वैसे वह आजकल विलायत गई हुई हैं। सालभर से पहले क्या आएँगी।"

"मैं वहाँ अकेली मर जाऊँगी।"

"मैं भी साथ रहूँगी।"

"तुम?"

"अपना एक नौकर रख लेंगे।"

"उससे कह दूँगी मैं तुम्हारी बहन हूँ।"

"कुछ हर्ज है।"

वाक़ई तुम फ़रिश्ता हो। उसने शरारत से मुस्कुराकर ऐसे कहा जैसे कह रही हो तुम उल्लू की पट्ठी हो।

आबिदा सामान बाँध रही थी और माज़िद आँखें मूँदे आरामकुर्सी पर पड़ा था। वह स्टेशन पहुँचाने भी न जा सका। क्योंकि वहाँ मोना भी थी। मोना दिन-ब-दिन ज़्यादा बदमिजाज़ और 'अक़्ल खरी' होती जा रही थी। उसे यों अकेलेपन में बच्चे की परवरिश करने में कोई मज़ा नहीं आ रहा था। आबिदा बच्चे के लिए मिनी-मिनी फ्रॉकें और नेपकिन सिया करती। मोना कभी-कभी उसके इस बर्ताव से सुलग उठती और जली कटी सुनाने लगती।

"मर जाए तो अच्छा हो।"

और आबिदा लरज़ उठती। जैसे उसके बच्चे को कोई मुँह जली कोस रही हो—

"तुम्हें ऐसे हरामी से मुहब्बत है? तुम्हारा जी नहीं जलता। छोड़ क्यों नहीं देतीं उस लुच्चे को।" वह माज़िद को ज़चगी से पहले की सभी तकलीफ़ों का ज़िम्मेदार ठहराती। "अरे अभी तो तुम जवान हो, क़सम से अच्छे से अच्छा दूलहा मिल जाएगा। क्या तुमने कभी किसी से प्यार

नहीं किया। कभी किसी के संग नहीं सोई, मेरा मतलब है इस कमीने के इलावा!'' और फिर वह ख़ूब नाख़ूनों से अपना फूला पेट खसोटने लगती।

''ज़ैतून का तेल पड़ा है। तुम लगाती ही नहीं। खुजली कम हो जाएगी।'' वह बड़े अपनेपन से कहती और मोना सुलगने लगती। और वह गालियों पर उतर आती।

''अपनी उसमें धर लो।'' फिर वह रोने लगती और सारी दुनिया को गालियों से भर देती। आबिदा ख़ामोश सर झुकाए बाबा का स्वेटर बुना करती।

''मैं तो गला घोंट दूँगी कुत्ते के पिल्ले का,'' मोना धमकाती। कभी कहती, ''मैं अपना तुम्हें नहीं दूँगी। अपना जैसा कचूमर बना दूँगी और अगर मुआ बाप पर गया तो बस ज़माने भर की लौंडियाँ घेरता फिरेगा। तुम उस बदमाश को कैसे झेलती हो। हमारी तो और बात है। लेकिन तुम तो सय्यादानी हो। ग़ैर का झूठा नहीं खातीं। तुम्हें घिन्न नहीं आती।'' वह साँप बिच्छुओं के 'घुच्चे' उगले जाती। आबिदा शिथिल-सी बैठी रहती। ऐसा मालूम होता, दिमाग़ में खून जाना बंद हो गया है। सिवाय माज़िद के चंद बहुत ही क़रीब के दोस्तों के, किसी को मालूम नहीं था, मोना लाहौर में बढ़ी-पली थी। लखनऊ में लाल बाग़ में आठवीं कक्षा तक पढ़ने के बाद बंबई का शौक लाया। छोटी-मोटी बहाने के लिए नौकरियाँ बराबर मिलती रहीं। कमबख़्त कुछ ज़्यादा ही बेवक़ूफ़ थी। वर्ना साठ रुपया के कमरे के बजाए कहीं ताज में रह सकती थी। चेहरे से बिलकुल 'आबरूबाख्ता' नहीं लगती थी। घर-बार से दिलचस्पी नहीं थी। वैसे कपड़े लत्ते अच्छे पहनती थी। ऊँचे होटलों में जाती थी।

उस वक़्त आबिदा के 'ड्रेसिंग गाऊन' में वह बड़ी रोई-सी बैठी थी। ये 'गाऊन' आबिदा के मामूजान पैरिस से लाए थे। वह उस कमीनी को झेल रही थी। एक दफ़ा बच्चा को गोद लेने के काग़ज़ पर दस्तख़त कर दे, फिर देखा जाएगा। वह भी भाँप गई थी। हर वक़्त

धमकाती रहती थी।

बच्चा जनने की आधी से ज़्यादा तकलीफ़ आबिदा ने झेली। मुर्दार लगातार गालियाँ देती रही। भेद खोले दे रही थी। आबिदा ने समझाने की कोशिश की तो उसने इतनी ज़ोर से धक्का दिया कि अगर नर्स न थाम लेती तो बुरी तरह से गिरती।

बच्ची की पैदाइश का तार माज़िद को उसने छेड़ने के लिए नहीं दिया था। घटनाओं ने कुछ ऐसा झँझोड़ डाला था कि उसका दिमाग शिथिल हो चुका था, बच्ची बिलकुल अपनी दधियाल पर गई थी। माज़िद के ख़ून के रिश्ते खुद उसका ख़ून भी तो उसकी रगों में दौड़ रहा था। इतनी परायी मालूम नहीं होती थी। ख़ानदानी नक़्शे के नाते कुछ तो उसकी बेटी मालूम होगी, फिर साथ रही तो कुछ अंदाज़ भी उसके आ जाएँगे। उसे बच्ची पर बेतरह ममता आने लगी। लोग कहते हैं अगर ममता सच्ची हो तो दूध उतर आता है।

वह घर से यख़नी और शुद्ध घी का कटोरा लेकर आई तो धक् से रह गई। मोना बच्ची को दूध पिला रही थी।

"ओ...काटती है!" वह रोनी-सी होकर हँस पड़ी। आबिदा के दिल में जैसे किसी ने छुरी डाल कर घुमा दी। बस दो दिन बाद अस्पताल से छुट्टी मिल जाएगी, उसने चाहा कि बच्ची को पंगोरे में लिटा दे।

"रहने दो नर्स को आ जाने दो।"

"क्या मैं नहीं उठा सकती बच्ची को।"

"हाँ तुमने तो सैकड़ों बच्चे जने हैं," बे-बात मोना उलझने लगी।

"इन नर्सों ने कौन से बच्चे जने हैं, वह भी बच्चों को सँभालती हैं।"

इतने में नर्स आ गई और बात गई गुज़री हो गई।

“सबीहा भी कोई नाम है, कैथरीन कैथी...मेरी ममा का नाम था।”

आबिदा को कैथी से ख़ासी घिन आई। शादी से पहले ही वह तय कर चुकी थी, बेटी कभी हुई तो सबीहा नाम रखेगी, और बेटा हुआ तो खैर....

मगर जब मोना ने साफ़ इनकार कर दिया कि वह बच्ची को कैसे छोड़ सकती है, इतनी-सी जान उसके बिना कैसे जिएगी तो आबिदा ने कहा, “ऊपर का दूध लगा दिया जाएगा।”

“मर जाएगी ऊपर के दूध से तो।”

“मर क्यों जाएगी। नर्स दो वक़्त ओस्टर मिल्क देती है।”

“वह तो अभी दूध कम है इसलिए देना पड़ता है, डॉक्टरों ने गोलियाँ बताने को कहा है।”

“मगर दूध छुड़ाना है तो गोलियाँ...”

“क्यों छुड़ाना है। माँ का दूध बच्चे के लिए अच्छा होता है।” वह आबिदा से आँखें चुरा रही थी, उसका दिल बैठने लगा।

“तुम ऐसी नज़रों से मुझे क्यों देख रही हो, ठीक ही तो कह रही हूँ।”

“मगर तुम...तुम...बच्ची को पालोगी? मगर तुम...”

“कोई बुढ़िया रख लूँगी, आया भी सस्ती-सी मिल गई तो चलेगा।”

“तो तुमने फ़ैसना कर लिया।”

“कैसा फ़ैसला?”

“पर तुम कहती थीं तुम इस अज़ाब से जान छुड़ाना चाहती हो।”

“जब चाहती थी पर अब तो मेरी जान है...मेरी गुड़िया...कैथी डार्लिंग।”

वह चटाचट बच्ची को चूमने लगी। फिर भन्नाकर आबिदा की तरफ देखा और सहम गई। “तुम मेरी बेटी को छीनना चाहती हो, नहीं मैं इसे नहीं दूँगी। हर्गिज़ नहीं दूँगी। मैं मर जाऊँगी मेरा इसके सिवा

कौन है। तुम बला से अस्पताल का बिल न दो। मैं मेहनत-मजदूरी करके एक-एक कौड़ी खुद चुका दूँगी। मुझे तुम्हारे कपड़े-लत्ते भी नहीं चाहिए।'' वह सिसकियों से रोने लगी।

''मोना...फिर एक बार ग़ौर कर लो, तुम इस वक़्त जज़्बाती हो रही हो। अपना नहीं तो उस बच्ची का ख़्याल करो, तुम इसे किस तरह की ज़िंदगी दे सकोगी?''

''तुम्हारी बला से...तुम दुनिया भर की ठीकेदार हो, मैं जानती हूँ तुम ये क्यों कह रही हो। ताकि तुम्हारा ज़मीर तुम्हें जलामत न करे। मेरी बच्ची ले जाकर तुम अपने मियाँ पर अलग एहसान करोगी कि तुमने उसके गुनाह को सर चढ़ाया। वह तुम्हारे पैर धो-धो के पिएगा। उल्लू का पट्ठा। तुम्हें नहीं दूँगी। चाहे किसी यतीमख़ाने में फेंक आऊँ। हूँ...इसलिए चिकनी-चुपड़ी बातें हो रही थीं, कपड़े बन रहे थे, मेरी बच्ची से अपनी जली कोख ठंडी करना चाहती हो, वर्ना कौन औरत होगी जो ख़सम के हरामी सिले समेटती फिरे।''

आबिदा को ऐसा मालूम हुआ जैसे उसके फेफड़ों के खुलिए सूख गए हैं, सर की तरफ़ खून का दौरा बंद हो चुका है और कोई दम में वह खुश्क लकड़ी की तरह भर-भर जलने लगेगी। उसने आँखें बंद कर लीं और सर पीछे डाल दिया।

एकदम मोना को अपने कमीनेपन का एहसास हुआ। वह तड़पकर उठी और आबिदा के पैर पकड़ लिए।

''सॉरी दीदी....मुझे माफ़ कर दो...ले लो तुम कमबख्त को, मैं बड़ी कमीनी हूँ। तुमने मेरी कैसी ख़िदमत की। मुझे माफ़ कर दो।''

आबिदा का दिल तो चाह रहा था नामुराद को छोड़ कर, उसी वक़्त वहाँ से 'गारत' हो जाए मगर सह जाने ही में भलाई समझी। समझा-बुझाकर उसे वापस लिटा दिया।

''तुमने तय कर लिया है?''

''क्या?'' मोना ने मरी हुई आवाज़ में पूछा।

“बच्ची के बारे में।”

“बड़ी कठोर हो तुम।” वह फिर सिसकने लगी।

“क्यों हलकान हो रही हो। अगर तुम्हें बच्ची को देना ही है तो जितनी जल्दी हो सके अलग कर दो ताकि दूध खुश्क होने में आसानी रहे। और अगर नहीं देना है तो फिर रोने की क्या ज़रूरत है।”

“समझ में कुछ नहीं आता। जी कटने लगता है। मैं इसे देख तो सकूँगी।”

“क्यों नहीं, तुम जब कहोगी जब।”

“वह मुझे कौन समझेगी। माँ तो वह तुम्हें समझेगी, मुझे क्या अपना समझेगी।”

“आंटी, या तुम...” आबिदा का फिर दम घुटने लगा।

“मेरी बच्ची मुझे आंटी कहेगी, वह फिर चल निकली...और तुम्हें मम्मी कहेगी, और उन्हें पापा कहेगी ना?”

आबिदा ने तय कर रखा था कि बच्ची उसे अम्माँ और माज़िद को अब्बा कहेगी। उसे ममा और पापा से सख़्त नफ़रत थी। मगर उसने उस ज़हर की पुड़िया से उलझना मुनासिब न समझा।

वह दिन अस्पताल में सूली पर कटे। मोना तो क्षण में तोला, क्षण में माशा। कभी कहती वाक़ई बच्ची उसकी जान को मुसीबत होगी। कभी एकदम उसकी जुदाई में मरने की धमकियाँ देती। कभी आबिदा को ‘सलवात’ सुनाती और माज़िद के सात पुश्त को गालियाँ देने लगती।

आबिदा अस्पताल से ही फैसला करके जाना चाहती थी। उसकी सहेली यूरोप से वापस आ रही थी वह मोना का क़िस्सा इस घर में नहीं बिखेरना चाहती थी। आख़िरी दिन वह पक्का इरादा करके गई कि आज बात इधर या उधर तो अस्पताल में पहुँचकर उसके पैरों के नीचे से ज़मीन निकल गई।

मोना बच्ची को लेकर जा चुकी थी। उसने अपनी चूड़ियाँ और लॉकेट गारंटी के तौर पर दफ़्तर में छोड़े और बच्ची को लेकर टैक्सी में चल दी। सिर्फ एक जोड़ा कपड़ा और कंबल बच्ची का लिया। बाक़ी सब छोड़ गई। आबिदा ने बिना संकोच ज़ेवर लेकर बिल अदा कर दिया और लौट आई।

जिस वक़्त वह घर में उतरी, माज़िद ने दरवाज़ा खोला। उसे ख़ाली हाथ देखकर वह कुछ नहीं समझा। क्योंकि वह खुशी से चहक रही थी। वह समझा शायद कोई आया मिल गई। आबिदा तेज़ी से बोले जा रही थी।

हाय, कितनी स्वीट है और मुँह तो ग़जब का नाजुक़; आँखें तो मुझे सुर्मई लगीं। मगर नर्सों ने कहा, जन्म लेने वाले बच्चों की ऐसी ही लगती हैं, शायद शरबती हो जाएँ, क्योंकि बाल भी भूरे हैं। मुलायम जैसे रेशम...पेट के बाल रेशम जैसे ही होते हैं, 'अकीके' (बच्चों की एक प्रकार की रस्म) के बाद ज़रा घने निकलेंगे। अभी तो अब्बा जान की तरह गंजी ही लगती है मगर डॉक्टर कहने लगी...वह एकदम चुप हो गई।

माज़िद पहले तो उसकी बचकाना बातों पर मुस्कुराया, मगर जब वह बोलती ही चली गई तो कुछ खिसियाना हो गया। वह ऐसी बच्ची की तफ़्सील सुना रही थी जैसे वाक़ई उसकी किसी बहन या भानजी की बच्ची हो। वह लगातार मुस्कुरा रही थी बल्कि कभी तो क़हक़हा भी मार देती। माज़िद को सवाल करने की हिम्मत ही नहीं पड़ी। उसका दम उलझ रहा था। बच्ची के लिए जो-जो सामान ख़रीद कर और बनाकर आबिदा ले गई थी वह जैसे का तैसे वापस ले आई थी। फिर बच्ची कहाँ गई?

और पिंक रंग तो बहुत ही खिलता है। हल्का पिंक सब ही बच्चों पर अच्छा लगता है। मगर ये लाल पीले गँवारू रंग किट्टी पर बिलकुल नहीं खिलेंगे। वह कपड़ों का संदूक़ खोले जल्दी-जल्दी कुछ ढूँढ़ रही थी।

किट्टी–माज़िद ने 'अहमक़ों' की तरह देखा–'आबिदा कितनी थक गई है।' वह सोच रहा था।

'हाँ, काफी सुईट नाम है, कैथरीन, मोना की माँ का नाम भी कैथरीन था।'

माज़िद ख़ामोश–क़ालीन के नक़्शे-निगार (चित्रकारी) घूर रहा था। आबिदा की साँस फूल रही थी, माज़िद को वहशत होने लगी।

"सबीहा वाक़ई बड़ा पुराना-सा नाम है।" वह बेतरह हाँफ रही थी। जैसे बहुत दूर से भागती चली आ रही हो। "नए नाम कितने प्यारे-प्यारे मौजूद हैं।" उसने सिसकी भरी।

"कैथरीन कितना प्यारा नाम है, है ना?"

"क्या हुआ?" माज़िद ने पूछा।

"अरे तुम्हें मेरा तार नहीं मिला, प्यारी-सी गुड़िया पैदा हुई है। मेरा ख़त भी नहीं मिला।" वह सूटकेस की तह में कोई बहुत-ही अहम चीज़ ढूँढ़ रही थी।

"मिला था" जुर्म का एहसास इतना वज़नी मालूम हो रहा था कि माज़िद की कमर दोहरी हुई जा रही थी मगर...तुमने 'एडाप्शन' के कागज़ात नहीं भेजे...इसलिए...!

"मैंने इरादा बदल दिया।"

"ओह!"

"इतनी-सी बच्ची को माँ से अलग करना जुल्म है। मैं इतनी खुदगर्ज नहीं कि उसकी बच्ची को छीन कर अपनी जली कोख को आबाद करूँ। उसे मेरी किसी चीज की ज़रूरत नहीं और ये कपड़े तो बिलकुल सूट नहीं करते। उस पर तो गुलाबी रंग खिलता है।" आबिदा को नींद आ रही थी, माज़िद सन्नाटे में उसे तकता रहा।

वह सूखी हुई पत्ती की तरह लरज़ी और औंधे मुँह खुले सूटकेस पर गिर पड़ी।

आबिदा की बीमारी की ख़बर सुनते ही दुनियाभर के रिश्तेदार टूट पड़े। जो उसकी पीली हल्दी जैसी रंगत और सर्द उँगलियाँ देखता अफ़सोस प्रकट करता। हाय इतने दिनों बाद...मिन्नतों-मुरादों के बाद 'बौर' आया....और झड़ गया।

माज़िद गुमसुम रह गया जब आबिदा ने उस ग़लतफ़हमी का खंडन न किया, अगर लोग समझते हैं कि गर्भपात हुआ है तो वह क्यों इस खुशफ़हमी को भंग करे। वैसे उसे तो यही महसूस हो रहा था कि जैसे वह अपना पेट का जमा दफ़न कर आई है।

घर में मेहमानों की वजह से मियाँ बीवी को बात करने का मौक़ा न मिला वैसे माज़िद को कुछ तो इत्मीनान-सा हो गया, आबिदा की गोद में उसकी 'हिमाक़त' का फल कितना अजीब मालूम होता। हरदम गले में फंदा-सा झूलता रहता। मोना ने बच्ची देने से इनकार कर के उसके ऊपर बड़ा एहसान किया था।

मोना का ख़त दफ़्तर के पते पर देखकर वह आम शौहरों की तरह बिदक गया। आबिदा से ख़त छुपाने का कोई सवाल ही नहीं उठता था। वैसे मेहमानों के सामने तो वह बड़ी मुहब्बत करने वाली बीवी नज़र आती थी। तन्हाई में बात करने के ख़्याल से माज़िद को 'फुरेरियाँ' आने लगतीं। और फिर वह एक बात को भूलती जा रही थी। दोबारा ज़ख़्म छेड़ने से क्या हासिल। मगर वह दफ़्तर से आया तो आबिदा से नज़र मिलाने की हिम्मत न पड़ी। उसने बड़ी गंभीरता और लापरवाही से उसकी खैरियत पूछी और गर्मी की शिकायत करने लगा। मगर उसके पैरों में सुइयाँ चुभने लगीं जब वह उसे टकट्की बाँधे देखती रही।

"क्या लिखा है?" आबिदा ने बड़े प्यार से पूछा, वह थोड़ी देर के लिए बर्फ़ का 'तोदा' बन गया, तुझे कैसे मालूम जादूगरनी? मगर वह उसी तरह स्थिर रहा।

“नहीं, नहीं, बस ख़ैरियत तो है ना?” वह उसे जेबें टटोलते हुए देखकर बोली। मोना ने लिखा था अपनी बीवी से हाथ जोड़ कर मेरी तरफ़ से माफ़ी माँग कर कहिएगा कि वह माँ नहीं। ढेर सारी किताबें तो पढ़ी हैं। इसलिए थोड़ा बहुत अंदाज़ा तो होगा कि मैं गँवार सही, माँ तो हूँ। वह ये कैसे सोचती हैं कि मैं उसे अपनी तरह बेवक़ूफ़ बनाऊँगी, मैं पवित्र मरियम की क़सम खाकर कहती हूँ मैं उसे शरीफ़ज़ादियों की तरह, नेक बनाऊँगी, ज़रा ताकत आ जाए तो मुझे यक़ीन है यहाँ कारख़ाना में मुझे टाइपिस्ट का जॉब मिल जाएगा। मेहरबानी करके इस मामले में अपनी बीवी को न डालिएगा। वह बड़ी नेक बीवी हैं, मुझे उनसे डर लगता है।

ज्यों-ज्यों आबिदा ख़त पढ़ती गई, उसके चेहरे पर मुस्कुराहट फैलती गई और माज़िद पर जूते पड़ते गए। उसका ख़्याल था बात गई गुजरी हुई अब ज़मीर का बोझ उतर जाएगा। आबिदा पहले की तरह दिलचस्प और बातूनी हो जाएगी। माफ़ी मिल जाएगी।

“ड्राफ्ट भेजने में आसानी रहेगी या मनीऑर्डर,” उसने ख़ुशमिजाज़ी से पूछा, माज़िद का मुँह और उतर गया—ये औरत है या चट्टान। काश आम औरतों की तरह उसका मुँह नोच लेती। गालियाँ देती तो वह यों बजर-बट्टू की तरह बैठा रह जाता।

“न ड्राफ्ट न मनीऑर्डर, वह काम कर सकती है।” बजाए शुक्रगुज़ार होने के वह चिढ़ गया।

“दीवानों जैसी बातें तो न करो।”

“वह तुम्हें गालियाँ दे रही है और तुम उसे मनीऑर्डर भेजने की फिक्र में हो।”

“वह अपना फ़र्ज अदा कर रही है और मैं अपना।”

“तुम्हारा नहीं...मेरा पाप है। तुम अपने सर क्यों मढ़े ले रही हो।” माज़िद का जी चाहा, चिल्लाकर कहे मगर वह चुप रहा और ख़त उसके हाथ से लेकर फाड़ने लगा।

"अरे-अरे मुझे पता तो दे दो।" उसने ख़त छीन कर अपने तकिए के नीचे रख दिया, "क्या करोगी?"

"अपना सर फोड़ूँगी।"

उसका मिजाज़ पूछने आने वाले दिन भर बंबई की सैर में मस्त रहे। ऐलिफेंटा की पिकनिक के प्रोग्राम बनते। फिल्म की शूटिंग देखते और फिल्म स्टारों से मिलने में मग्न रहते। लंबे-चौड़े दस्तरख्वान लगते। खुशगप्पियाँ होतीं और इस हुल्लड़ में किसी को मियाँ-बीवी के जेहनी और मानसिक हलचल का कोई एहसास न होता। इस हंगामे में दोनों अपनी-अपनी सलीबें उठाए, झूठी मुस्कुराहटें बिखेरते, मिसाली जोड़ा बने रहने की कोशिश करते। मगर रात को जब डबल बेड पर लेटते तो एक पथरीली दीवार बीच में बुलंद हो जाती।

एक बार यों ही माज़िद ने उस दीवार को वहम समझकर आबिदा को अपने करीब खींचना चाहा तो वह इतनी ज़ोर से डरी कि मुँह से घुटी हुई चीख निकल गई। लैंप जलाया तो लम्हे भर के लिए उसे आबिदा की निगाहों में ऐसी नफ़रत नज़र आई कि वह झिझककर हट गया।

"ओह, मैं ऊँघ गई थी," दूसरे लम्हे मुस्कुराहट लौट आई और वह ढीली पड़ गई। अगर माज़िद चाहता तो अपनी आग़ोश में समेट लेता मगर उसके हाथ बेदम हो गए थे।

इसके अलावा जब भी वह बड़े सोच-विचार के बाद उसे अपनी बाँहों में लेने की कोशिश करता, तो वह ज़रा-सी झिझककर पिघल तो जाती मगर बात घुमाकर मोना और किट्टी का ज़िक्र करने लगती और तब माज़िद की रही-सही सलाहियतें भी जवाब दे जातीं।

"अभी नाराज़ हो।" उसने पुराने लहजे को वापस लाने की कोशिश की।

"उफ़ ये चिपचिपी बातें न करो, घिन आती है।" वह भी पुराने

अल्हड़ अंदाज़ में चहकी। ''भला क्यों नाराज़ होऊँगी।''

''कतरा जाती हो।''

''अल्लाह, मैं क्यों कतराने लगी? मैंने कौन-सी चोरी की है जो आपसे कतराऊँगी।''

''चोरी तो मैंने की...मगर सज़ा तुम्हें झेलनी पड़ी।''

''इतने रोमेंटिक न बनो। अच्छा चलो सो जाओ, घर में मेहमान भरे हैं और तुम्हें चोंचले सूझ रहे हैं।''

''तुम्हें तो बस कोई बहाना चाहिए।''

''बेकार का भ्रम हो गया है और कुछ नहीं।''

आबिदा चिढ़ गई।

''सच बताओ तुमने कितने दिन से हमें प्यार नहीं किया?''

''लो...'' आबिदा ने काँटों भरी दीवार के उस पार से झुककर अपने अजनबी होंठ उसके बेमज़ा होंठों पर रख दिए। बस? दोनों बड़ी देर तक इतनी नाजुक समस्या पर निहायत खुरदरी बहस करते रहे जिसका न सिर था न पैर। यहाँ तक कि गला सूखने लगे और आँखों में खटक होने लगी। जब दोनों थक-हार कर सो गए तब भी नींद में आहें भरते रहे। कुढ़ते रहे। एक-दूसरे को ढूँढ़ते रहे।

मेहमान आहिस्ता-आहिस्ता विदा होने लगे। आख़िरी 'घान' में रिफ़्फ़न बाजी रह गईं। आबिदा की गिरी-गिरी तबीयत देखकर उन्होंने उसे वतन ले जाने की सलाह दी। आबिदा तैयार हो गई।

''क्यों जा रही हो।'' माज़िद ने ज़िद की।

''बाजी नहीं मानतीं, मैं भी सोच रही हूँ, अम्मी कितने दिनों से अकेली हैं।''

''मैं भी अकेला हूँ।''

''अगले महीने टूर पर जा रहे हो। तब मैं भी अकेली रह जाऊँगी,

फ़रीदा की सालगिरह भी आ रही है। सोचती हूँ वह प्याजी रंग की चीनी एटलस जो तुम मेरी कमीज़ के लिए लाए थे उसका सूट बना दूँ। मैंने तो जनी...किट्टी की सालगिरह के लिए रखा था। अब सोचती हूँ...''

वह जैसे खुद से बातें कर रही थी। माज़िद के जैसे डंक चुभो दिया मगर उसने हिम्मत नहीं हारी।

''फिर घर लोटपोट हो जाएगा।''

''मैं अबके सारे अच्छे-अच्छे सेट बंद करके जाऊँगी, बस ज़रूरत की चीज़ों की चाबी तुम्हें दे जाऊँगी।''

''क्या मुझे भी बक्स में बंद करके ताला लगा जाओगी?''

''तुम्हें तो अपने दिल में बंद करके साथ ले जाऊँगी।'' उसने शरारत से कहा। और जैसे उसने माज़िद का बढ़ता हुआ हाथ नहीं देखा बड़ी सादगी से उठकर पलंग के नीचे से सूटकेस घसीटने लगी, माज़िद अहमक़ों की तरह तकिया के नीचे कुछ ढूँढ़ने का बहाना करने लगा। उसका हाथ काग़ज़ के पुर्ज़े पर पड़ा। उसने उठाकर देखा तो मोना के मनीऑर्डर की रसीद थी। उसके जिस्म का सारा ख़ून चलते-चलते रुक गया।

''अरे मैं सारे में ढूँढ़ रही हूँ कहाँ गई रसीद।'' उसने उसके हाथ से रसीद ले ली। दराज खोल कर एक बड़ी खूबसूरत-सी फ़ाइल निकाली और उसमें रसीद नत्थी कर दी। उस रात अचानक माज़िद की आँख खुल गई। आबिदा नींद में हिचकियों से रो रही थी।

''आबिदा! आबिदा क्या हुआ?'' आबिदा—माज़िद ने उसे झँझोड़ा और वह एकदम जाग उठी। क्या है? वह चौंककर उठ बैठी। उसकी आवाज़ में नाममात्र को भी हिचकिचाहट न थी।

''तुम सोते में चीख़ पड़ीं, क्या कोई ख़्वाब देख रही थीं।''

''नहीं तो।''

''फिर रो क्यों रही थीं?''

''मैं कहाँ रो रही थी।'' उसने अपने मुँह पर हाथ फेरा, ''अरे!''

आँसू देखकर हँस पड़ी, "मगर सचमुच, मैंने कोई ख़्वाब नहीं देखा, मैंने बरसों हो गए कोई ख़्वाब नहीं देखा," वह अपनी सफ़ाई पेश करने लगी।

वह भूल गई। कुछ ख़्वाब ऐसे भी होते हैं।

"मगर मैं जो कहती हूँ, मैंने ख़्वाब नहीं देखा, बेवजह मुझ पर इल्ज़ाम लगा रहे हो," वह बुरा मान गई।

"इसमें ऐसी गुनाह की क्या बात है। सब ही ख़्वाब देखते हैं।"

"लेकिन अगर मैं ख़्वाब देखती तो इसमें मुकरने की क्या बात थी, क्या ख़्वाबों में टैक्स लगता है। मैं झूठ बोलूँगी," उसकी आवाज़ ऊँची होने लगी।

"उफ़्फ़ोह, मगर..."

"मैं कुरान की क़सम खा के कहती हूँ, अगर मैंने ख़्वाब देखा हो तो मेरी आँखें फूटें..." वह हिस्ट्रीयल हो गई।

"आबिदा, ख़ुदा के लिए, आबिदा....मैंने तुम्हें यूँ ही कहा।" माज़िद बोला।

"मगर क्यों कहा? तुम समझते हो मैं बहानेबाज़ और कमीनी हूँ।" वह हिचकियों से रोने लगी।

"आबिदा...आहिस्ता बोलो...प्लीज़...प्लीज़" उसने उसे बाँहों में लेकर बच्चे की तरह चुमकारा, "मेरी जान...आई एम सॉरी, मुझसे ग़लती हो गई...तुम्हारे 'आसाब' बहुत ही..." उसकी बाँहों में वह कमान की तरह अकड़ी रही।

"मगर..." उसने खुद को ढीला छोड़ दिया।

"शी! बस मैंने कहा ना, मुझसे ग़लती हुई।" माज़िद ने उसे अपनी बाँहों में समेटने की कोशिश की मगर ऐसा मालूम होता था वह 'बग़लगीर' होना भी भूलते जा रहे हैं। वह जो हमेशा दोनों खट से फिट हो जाते थे। वह बात पैदा न हो सकी। मालूम होता था कोहनियाँ ही कोहनियाँ निकल आई हैं या पज़्ल (Puzzle) के कुछ अत्यंत ही

महत्त्वपूर्ण टुकड़े खो गए हैं उसने होठ चूमने की कोशिश की तो भी 'कल' सीधी न बैठी। उसकी पिंडली बेसुध रखी थी। रान की नस में बल पड़ गया और आबिदा की गर्दन आड़ी हो गई। खिसियाने होकर दोनों अलग होकर अपने-अपने रग-पट्ठे टटोलने लगे। आबिदा थोड़ी देर शांत-सी बैठी रही। दोनों हाथों की उँगलियाँ मरोड़ती रही। माजि़द ने सिगरेट का एकदम इतना धुआँ खींचा कि उसकी छाती फटने लगी। दोनों अलग-अलग अपनी-अपनी वादियों में चुपचाप पड़े छत के अँधेरे को घूरते रहे।

"मैंने ख़्वाब देखने छोड़ दिए।" और वह करवट लेकर सपाट दीवार को घूरने लगी।

माजि़द ने ये सोचकर, जब घर अकेला हो और सब मेहमान चले जाएँगे, तो आबिदा पागल हो जाएगी, उसके जाने की तैयारी में हस्तक्षेप न किया। वहाँ लंबे-चौड़े ख़ानदान की दिलचस्पियों में ये फिर नार्मल हो जाएगी। सेहत भी अच्छी हो जाएगी। गर्मियों में अम्मीजान नैनीताल जा रही हैं। वहाँ तफ़रीहों में उसका ग़म और गुस्सा मंद पड़ जाएगा।

"दुनिया के सब ही बच्चे अपने बच्चे हैं" उसे बेऔलाद होने का कोई ग़म न था, ख़ानदान में इतने कचर-पचर बच्चे भरे हुए थे कि बाँझ पर सब ईर्ष्या करते थे। जितनी खूबसूरत ज़िंदगी इन दोनों की गुज़री अगर बच्चे होते तो कभी न गुज़र पाती। जब ही तो माजि़द को ख़ानदान वाले जोरू का गुलाम समझते थे। भेद खोलने वाले यही दोनों तो थे या उनके चन्द दोस्त, जो उनसे भी ज़्यादा सावधान थे। इतनी ज़ेहनी उलझनों और दूरियों के बाद भी दोनों का वहम क़ायम था और मिसाली आशिक और माशूक माने जाते थे।

आबिदा के पत्रों से माजि़द को इत्मीनान हो गया कि वहाँ बहुत मगन है, आए दिन दावतें, मँगनियाँ, शादियाँ, छठी, छल्ले, सिनेमा और पिकनिकें, ये सब बातें वह मजे ले-लेकर लिखती।

"अम्मीजान को मालूम भी नहीं कि उनकी मुराद पूरी हो गई।

किसी 'नजूमी' ने कहा था कि तुम्हारे नसीब में औलाद नहीं है। बेइंतहा रोईं, कितना ख़ून खौला है मेरा। जी चाहा ज्योतिषी जी का मुँह खसोट लूँ। ठग कहीं का! मगर लोगो कैसा जुल्म है कि वह इस ख़ुशख़बरी से महरूम (वंचित) हैं।''

मगर फिर हँसी-मज़ाक़ और चटपटी ज़िंदगी का ज़िक्र छेड़ देती—''मेरी जान, मैं बर्तनों के संदूक में ताला डालना भूल गई। हिमाक़त है ताला डालना, टूट जाने दो नाममुराद बर्तनों को, और आ जाएँगे, मनीऑर्डर भेजवाना न भूलना।''

''आबिदा, आबिदा मेरी जान कब आओगी...जिस्म के साथ रूह लेकर कब आओगी, ये काल कोठरी अब नहीं झेली जाती। रात तुम्हें ख़्वाब में देखा, तुम्हारे हाथ में खीर का प्याला था। जिस पर शबाना ने आबिदा-माज़िद पिस्ते की हवाई से लिख दिया था और तुम परेशान हो रही थीं। मैं हँस रहा था। जब आँख खुली तो यक़ीन मानो मेरा चेहरा आँसुओं से तर था। मैं बहुत अकेला हूँ। अब तो आ जाओ।''

''तुम्हारा ख़त पढ़कर बेइंतेहा हँसी आई, इतनी रोमांटिक बातें बोर लगती हैं, ऐसा लगता है 'मस्नवी' ज़हरे इश्क (मुहब्बत की एक किताब) पढ़कर खत लिखने बैठते हो। महीना भी पूरा नहीं हुआ, मुझे बुलाने लगे। ज़्यादा इतराओ मत। और देखो जाने से पहले भाई सिद्दीक़ को चेक दे जाना। ख़र्च न पहुँचा तो मुझे बड़ी तकलीफ़ रहेगी। 'तनी' पाँव-पाँव चलने लगी है। बजिया ज़िद करती हैं कि मैं उसे अपनी बेटी बना लूँ, पक्का काग़ज़ लिखने की धमकियाँ देती हैं। मैं हँसती हूँ, सब बच्चे मेरे ही हैं। बच्ची भी कोई लेने-देने की चीज होती है। मुझे इस व्यापार के ख़्याल से ही फुरेरियाँ आती हैं। शबाना और मंजूर आने वाले हैं। तक़ाज़ा है कि मैं ही उन्हें सँभालूँ। मैं तो अब (प्रसूति) सँभालने में अभ्यस्त हो गई हूँ। स्वेटर बुन रही हूँ, बाक़ी कपड़े तो तैयार कर लिए

हैं, कुछ बजिया के मिल जाएँगे। लिखती हैं लड़की हुई तो सबीहा नाम रखेंगी और उसे छोड़कर विलायत चली जाएँगी। मालूम होता है अल्लाह मियाँ से तो उसके बंदे ज़्यादा 'दानशील' हैं।''

डंक, डंक, डंक छोड़कर माज़िद ज़हर के बोझ से थककर रह गया। नूर के लिए सामान बँधा रखा था। मगर दिल चाह रहा था सीधा आबिदा के पास जाए और उसके मुँह पर थप्पड़ मार कर कहे। तुम मेरी बीवी हो। मेरी ज़िंदगी की उमंग हो। तुम पर मेरा हक़ है अब न तरसाओ। मेरी बाँहों में आ जाओ, आ जाओ।

और वह आ गई।

जब उसने दरवाज़ा खोला तो वह आख़िरी सीढ़ी पर खड़ी मुस्कुरा रही थी। धीमी-धीमी शाम के रहस्यमय धुएँ में उसकी कपासी रंग की फ्रांसीसी जारजट की साड़ी पर कामदानी की फुआर कुछ यों ही सी झिलमिला रही थी।

वह उससे मिस होती हुई अंदर गई और बड़ी बेतकल्लुफ़ी से बटुआ कुर्सी पर डाला और सैंडल उतारकर अपनी मख़्सूस (विशेष) कुर्सी पर बड़े अभिमान से बैठ गई। जैसे वह रोज़ वहाँ बैठा करती थी और कभी गई ही न थी। उसका जिस्म ज़रा भर गया था, रंग निखर आया था और ममता ने चेहरे पर घुलावट उतार दी थी।

''क्यों आई हो?''

''कैसा भोंडा सवाल है, दिल चाहा चले आए,'' वह लापरवाही से पैर हिलाने लगी।

''देखो...तुम...''

''उफ़्फ़ोह...आप तो कुँवारियों की तरह हकला रहे हैं।''

''...'' माज़िद ने झटके से कुर्सी पर से उसका बटुआ उठाकर थमा दिया।

"थैंक्स" उसने सैंडल क़ालीन पर टपकाकर पालथी मार ली और बटुआ खोल कर आईने में अपने होंठ आधा खोलकर के देखने लगी।

"देखो मोना, तुम जग हँसाई चाहती हो तो वह और बात है," माज़िद का गला सूख रहा था।

"मैंने कब कहा आपने मुझे धोखा दिया?" वह हँसी दबा रही थी।

"हमारी दोस्ती...."

"दोस्ती है?" वह पलकें झपकाकर मुस्कुराई।

"वह...वह जो कुछ भी था....था।" उसने जल्दी से अपनी ग़लती ठीक की। "मैंने तुमसे शादी का कभी वायदा नहीं किया।"

"अरे तो क्या इस वक़्त मैं तुमसे शादी करने आई हूँ?" वाह! उसने एक निहायत झिलमिलाता क़हक़हा लगाया।

"तो फिर....तुम जा सकती हो।"

"जा तो सकती हूँ, मगर क्यों जाऊँ?" वह बिगड़ने लगी। "क्या आपसे कुछ छीन रही हूँ या माँग रही हूँ। पूछा तो होता क्यों आई हो।" उसकी आँखों में आँसू आ गये।

"तो...अच्छा बताओ क्यों आई हो।"

"बताती हूँ, "वह झल्लाकर बोली, "मुझसे घुड़ककर क्यों बात कर रहे हैं? क्या मैं आपकी बीवी हूँ जो दबूँ?"

"मेरी...मेरी बीवी। उसका ज़िक्र मत करो। मतलब बताओ।"

"बौखलाये तो देते हैं। बैठने में कोई हर्ज है।" माज़िद बैठ गया। "सरन को जानते हैं?"

"नहीं।"

"वह तो आपको अच्छी तरह जानते हैं...नहीं नहीं, बाई गॉड, मैंने कुछ नहीं बताया। उन्हें पहले ही से सब मालूम था।" माज़िद का चेहरा लाल हो गया।

"अच्छा फिर?"

"फिर क्या? शोलापुर में उनसे मुलाक़ात हुई थी।"

"विनोद सरन...शकुंतला के हस्बेंड।"

"हाँ, वही।"

"तुम्हारी सहेली के...."

"तो? क्या हुआ! शकुन मेरी सहेली है। इसीलिए तो...वह मेरा बड़ा ख़्याल रखते हैं।"

"यही कहने आई थीं?"

"हाँ," वह सर झुकाये सैंडल के तकमे लगा रही थी।

"कि वह तुम्हारी सहेली के दोस्त हैं....या ये कि वह तुम्हारा बड़ा ख़्याल रखते हैं।" न जाने क्यों? माज़िद के लहजे में कड़वाहट आ गई।

"हाँ यही बताने आई थीं।" वह फिर धम से बैठ गई।

"मगर मुझे बताने की क्या ज़रूरत है।" माज़िद का दम घुट रहा था।

"इसलिए कि आप भी कभी मेरा बड़ा ख़्याल रखते थे।"

"अब भी ख़्याल तो रखता हूँ...तुम्हारा चेक भेजने वाला था।" उसने दराज में से चेक निकालकर दिया।

ओह थैंक्स! वह समझा था मुँह पर मार देगी मगर उसने बड़ी सादगी से चेक बटुवे में रख लिया। माज़िद को सख़्त नाउम्मीदी हुई, मैं क्या कह रही थी। "हाँ कि आप मेरा ख़्याल रखते हैं। आपसे ज़्यादा तो वह....आपकी बीवी मेरा ख़्याल रखती हैं।"

"भई कमाल की औरत हैं," उसका लहजा एकदम कठोर हो गया। "ऐसे सब्र की औरत...कि मेरा तो दम घुटने लगता है! गुस्सा, नफ़रत तो कोई झेल सकता है....मगर...उफ्फ़ मुझे उनकी मुस्कुराहट से वहशत होती है। बुरा भला कह लें तो चलो छुट्टी हो। मगर वह तो ऐसे मुस्कुराती हैं कि इनसान खुद को बेहद नीचा और गंदा महसूस करने लगता है।"

"तुम जा रही थीं...मुझे भी सुबह जल्दी उठना है।" माज़िद ने

रुखाई से कहा। क्योंकि उसे मोना की बातों से वहशत हो रही थी। वह खुद अपने ज़मीर से भी किसी बात का इक़रार नहीं करना चाहता था।

"तो आपकी क्या राय है, सरन चोर आदमी है।"

"मैं नहीं जानता," माज़िद ने रुखाई से कहा।

"ऊँह होगा कमीना, मेरा क्या बिगाड़ेगा। कहता है वहाँ गंदगी में न रहो। पेडर रोड पर एक फ्लैट है उसका, एक सांताक्रूज में है। मुझे सांताक्रूज वाला अच्छा लगा। अलग-थलग क्यों?"

"मैं कुछ नहीं जानता।" माज़िद ने नफ़रत से मुँह मोड़ लिया?

"उफ्फोह, कितने बन रहे हो, मैं जानती हूँ तुम जानबूझ कर राय नहीं देना चाहते। मैं जो कुछ कर रही हूँ, किट्टी की ख़ातिर कर रही हूँ।"

"उसका ख़र्च तुमको बराबर मिल रहा है।"

"और मेरा कोई ख़र्चा नहीं, मैं हवा पर रहूँ, तुम्हारे तीन सौ में माँ-बेटी और एक नौकर भला बंबई में रह सकते हैं। चलो तुम पाँच सौ भी दो तब भी।"

"हाँ...मगर शकुंतला...तुम्हारी दोस्त।"

"दोस्त तो है और बेचारी ने मेरा बड़े आड़े वक़्त में साथ दिया है। भई ये देखिए कि अगर मैं सरन का आफर न कबूल करूँ तो वह कोई और रख लेगा," वह शरारत से हँसी, "फिर मैं अकारण क़ुर्बानी भी करूँ और कुछ फ़र्क़ न पड़े, क्यों?"

"मैं कोई राय नहीं दे सकता।"

"उफ़, पहले तो आप ऐसे बोर नहीं हुआ करते थे, सच बताइए क्या मेरी याद ज़रा भी नहीं आती।"

"मेरा तुम्हारा वक़्ती और जिस्मानी रिश्ता था।"

"क्या औरत और मर्द में कोई और भी रिश्ता होता है।"

"हाँ, एक दिमाग़ी लगाव होता है एक...एक तरह का ज़ेहनी मिलाप होता है।"

"और मुझ बेचारी के पास ज़ेहन है ही नहीं, बस ये मिट्टी का

जिस्म है,'' वह अजब नज़रों से उसे देखने लगी, ''और जिस्म का हाफ़्ज़ा भी नहीं होता। आपका जिस्म भी याद नहीं करता।'' वह उसकी तरफ़ बढ़ती चली आ रही थी।

माज़िद बहकावा देने के लिए दराज़ों में माचिस ढूँढ़ने ज़रा उससे दूर चला गया।

''मेरा जिस्म तो नहीं भूलता...जब किट्टी को देखती हूँ याद आ जाता है।'' वह बातें करते-करते दरवाज़े की तरफ बढ़ने लगी। माज़िद हाथों की लरज़िश छुपाने के लिए सिगरेट सुलगाने लगा। ''पता नहीं क्यों तुम औरों जैसे नहीं। क्यों तुम औरों जैसे नहीं। तुम्हारे साथ ऐसा लगता था जैसे मैं गुनाह नहीं कर रही हूँ। जैसे हमारा रिश्ता पवित्र है। तुमने मुझे अजीब चीज दी जो कहीं नहीं मिलती। 'मुक़द्दस' माँ मेरे गुनाह माफ़ करे। मैं घंटों उसके सामने सिर टेककर गिड़गिड़ाया करती हूँ...माँ मुझे सुकून दो। गुनाह को इबादत का रुतबा न हासिल करने दो, माज़िद, वह एकदम से पुश्त पर मुँह रखकर सिसकियाँ लेने लगी। उसने दोनों हाथ उसकी कमर में डाल के मज़बूती से जकड़ लिए।

माज़िद की पेशानी पर पसीना फूट आया। उसने जलता हुआ सिगरेट मुट्ठी में भींच लिया और आँखें मूँद लीं। एक ही झटके में उसने मोना के जकड़े हुए हाथ अपनी कमर से खोल दिए और उसे दरवाज़े की तरफ़ धकेल दिया।

उसकी आँखों से बेतहाशा आँसू बह रहे थे, जूड़ा खुलकर एक तरफ़ झूल गया।

''आई एम सॉरी,'' उसने हथेली से नाक और आँसू पोंछ कर बड़े ग़ौर से कहा, रूमाल निकालकर चेहरा साफ़ करने लगी, ''कभी किट्टी की मुस्कुराहट में तुम याद आने लगते हो तो जी चाहता है कि उसका गला घोंट दूँ।'' माज़िद की हालत देखकर वह पिघल गई।

''मुझे माफ़ कर दो मोना....मैं बहुत अधूरा इनसान हूँ... मैं...आबिदा...''

"मैं जानती हूँ..." उसने दार्शनिकों की तरह सरगोशी में कहा, "मैं रंडी हूँ और तुम्हारी जगह उस वक़्त कोई दूसरा होता तो मैं उसे कच्चा चबा जाती। मगर...मगर तुम्हारे मामले में मैं अधूरी रंडी हूँ..." वह खिसियानी हँसी में रुदन को छुपा रही थी।

दरवाज़े का पट हिल रहा था...बाहर हल्की फुआर में सिसकियों की कसक थी। माज़िद की झुलसी हुई हथेली में सुइयाँ रेंग रही थीं।

"आबिदा, आबिदा..." क्या यही दोस्ती के सम्मान हैं। मैं यहाँ हूँ और तुम वहाँ बजिया के बच्चों के साथ कैरम खेल रही हो।

खाने पर भूख न होने का बहाना करके वह सोने चला गया। करवटें बदलते आधी रात बीत गई। उसने उठकर पानी पिया। टहला, पढ़ने की कोशिश की मगर दिमाग़ की 'खोलन' और जिस्म की पुकार न मिटी। उसकी पुतलियों के सामने कपासी बादलों में सितारे झिलमिलाए जा रहे थे। उसने कई बार कमर से उन हाथों को खोलना चाहा, मगर उसका जिस्म अजगर के लौह शिकंजे में कसता रहा। उसने कमीज़ बदल ली थी। मगर जहाँ उसके आँसू बहे थे 'आबले' से खदक रहे थे। हवा रुक-रुक कर झपट रही थी। खिड़की की चौखट पर चमेली की टहनी सर धुन रही थी।

ऐसी-तैसी टूर की। वह तड़पकर उठ बैठा। उसने सरहाने का लैंप जलाया। एकदम मुड़कर देखा। जहाँ आबिदा गाल के नीचे हथेली रखे सोया करती थी। ऐसा मालूम हुआ। अभी उठकर भाग गई...उसे खुद पर पागल होने का शुबह होने लगा। वह कहीं नहीं जा सकती। उससे भाग कर नहीं जा सकेगी। वह उसकी बीवी है। उसके दिल का सुकून मिटाकर खुद चैन से सो रही होगी। और शायद कोई डरावना ख़्वाब देखकर सिसकियों से रो रही होगी। और जाग पड़ने पर साफ़ मुकर जाएगी।

मैंने ख़्वाब देखने छोड़ दिए हैं।

कोई ख़्वाब देखना भी छोड़ सकता है? ख़्वाब तो ज़िंदगी का

सहारा हैं। कोई जीना छोड़ सकता है? दरअसल उसके ख़्वाब चकनाचूर हो चुके हैं। वह इन ख़्वाबों को वापस जोड़ देगा। वह उसकी आँखों को चूमकर फिर से उनमें तारे भर देगा। फिर ज़िंदगी लौट आएगी। ये सूनापन दूर हो जाएगा। फिर चाँदी के वरक पर दो नाम उभरकर चमक उठेंगे।

उसने जल्दी-जल्दी कपड़े पहने। कुंजी उसने ड्राइवर के पास रहने दी थी क्योंकि वही उसे एयरपोर्ट ले जाएगा। ख़ैर कोई हानि नहीं। कोई टैक्सी मिल जाएगी।

बरसाती लेना भूल गया, मगर बारिश धीमी हो चुकी थी। मैली-मैली सड़क की रौशनी में सड़क पर मालूम होता था तेल चुपड़ा हुआ है। उसका हमराही सिर्फ़ एक अकेला भीगा हुआ कुत्ता था।

ओपरा हाउस तक वह भीग चुका था। टैक्सी वाले ने शकी नजरों से उसे देखा मगर तब तक वह अंदर लड़खड़ाकर बैठ गया।

''डंकन रोड!'' न जाने कंठ में से कौन बोल रहा था।

उसने थककर खुद को उस अनजानी ताक़त के सुपुर्द कर दिया जो उसे चारों ओर अज़दहे की तरह समेटकर मसल रही थी। वइ क़तई इंटेलेक्चुअल नहीं। बहुत बोदा एक तीसरे दर्जे का अधूरा-सा इनसान है। वह अब इस धोखे की टट्टी को आग लगा देगा। उसका और आबिदा का कोई जोड़ नहीं। कल पहली डाक से वह तलाक़ के पेपर्स भेज देगा। वह इन बुलंदियों का हक़दार नहीं।

कीचड़ और गंदगी से बेपरवाह वह लंबे-लंबे डग भरता हुआ गली में मुड़ गया, रूमाल निकालकर चेहरा साफ़ किया तो एक कागज़ का पुर्ज़ा ज़ख़्मी चिड़िया की तरह फड़फड़ाता हुआ कीचड़ पर टिक गया। उसने झुककर देखा, उसका मुलाक़ाती कार्ड था। उसका नाम पता, ओहदा, टेलीफोन नंबर, एक लम्हे के लिए वह भिन्ना उठा, ये कौन नामाक़ूल है?

मगर आहिस्ता-आहिस्ता उसके कीचड़ में धँसते हुए पैरों की तरह

ये बात उसके दिमाग़ में धँसने लगी कि ये मूर्ख वह ख़ुद ही है। इतना शरीफ़ और पाक इनसान कीचड़ में क्या कर रहा है? उसने कभी कार्ड को देखा और कभी मोना के बंद दरवाज़े को।

ये वह कहाँ चला आया? वह कहाँ जा रहा था? कहाँ पहुँच गया। बदहवास होकर वह पलट पड़ा। रात और गाढ़ी हो गई थी। मोहल्ले की सारी गरीबी और बेचारगी उसके सर पर टूट पड़ी। बारिश ने फिर आ लिया और वह तेज़ी से मैली कुचैली घनी गलियों को पीछे छोड़ता हुआ भागता रहा।

एक बार 'मुहज़्ज़ब' (सभ्य) दुनिया में वापस आकर उसने सड़क की रोशनी में घड़ी देखी, पौने तीन बजे थे। छः बजे उसे प्लेन पकड़ना था...दूर-दूर किसी टैक्सी का नामो-निशान न था। वह चलता रहा। गंदगी से दूर। 'हिमाक़त' और 'नाआक़िबत' से दूर पूरे इनसानों की दुनिया की ओर, वह किसी क़ीमत पर भी अपनी दुनिया, अपनी जगह छोड़ने पर तैयार नहीं था।

फ़्लोरा फ़ाउण्टेन पर उसे टैक्सी मिल गई और जब वह घर पहुँचा तो दिमाग़ी और जिस्मानी तौर पर इतना थक गया था कि कपड़े बदलने की भी ताक़त न थी। वह ज़रा सुस्ताने के लिए दीवान पर लेट गया। प्लेन के जाने में अभी ढाई घंटे थे।

जब साढ़े चार बजे अलार्म बजा तो उसके हाथों में इतनी शक्ति न थी कि बटन दबाकर उसे बंद कर दे। उसका सर कई मन का हो रहा था और टाँगें ऐंठन से चटख़ रही थीं। बड़ी मुश्किल से वह उठकर बैठा मगर चकराकर गिर पड़ा। उसे ख़ुद पर इतना रहम आया कि ढेर सारे आँसू बहने लगे।

गर्मी, उसने चाहा शोलों की परत अपने अस्तित्व पर से दूर सरका दे। मगर सफ़ेद परों जैसी हल्की-फुल्की बर्फ़ में वह नथुनों तक धँसता चला

गया। उसकी गुद्दी में एक बोझल घंटा झूल रहा था, जो साँस के साथ कनपट्टी से टकरा रहा था। कभी उलटी ओर और कभी सीधी ओर। उसकी कमर में लोचदार मरमरी अज़दहे लिपटे हुए थे....कपासी कीचड़ उसकी आँखों में लिथड़ गई....सितारों की फुआर आँखों में हीरे की राख की तरह खटक रही थी।

प्याज के खुश्क छिलकों के रंग में लिपटी हुई आबिदा उस पर पंख फैलाए आँसू बहा रही थी। उसके आरपार दूध के बोतलों की पंक्तियाँ बड़ी तरतीब से सरक रही थीं और उसकी रगों में पिघली हुई बर्फ़ीली सुइयाँ दौड़ रही थीं...आबिदा....आबिदा उसने पुकारना चाहा मगर उसका मुँह लौह-पेंचों से कसा हुआ था। जोड़ तगिया चुके थे।

आँख खोलकर वह अपने ऊपर झुकी हुई आबिदा को देखकर ख़्वाब समझता रहा....आबिदा, जिसने ख़्वाब देखने छोड़कर खुद एक लगातार ख़्वाब का रूप धार लिया था। उसमें इन ख़्वाबों से जूझने की शक्ति नहीं रही थी।

मगर उसने जब गुलाबी काग़ज़ जैसा सरसराता हाथ उसके माथे पर रखा तो वह पूरी तरह जाग गया।

"तुम...तुम...कैसे?" वह उठने लगा।

"उठो नहीं..." वह सिसकियाँ भर रही थी।

"तुम...रो क्यों रही हो?" उसने उँगली से उसके भीगे गाल पर लकीर खींच दी और थककर आँखें मूँद लीं।

दोबारा जब उसकी आँख खुली तो सुबह हो चुकी थी। आबिदा का गुलाबी ग़रारा और दोपट्टा मसला हुआ था। माथे पर एक थकी हुई लट बेदम पड़ी थी। मगर उसकी आँखों में पानी छलक रहा था।

ग्यारह दिन बाद उसका बुखार उतर गया। इतने दिन वह किस दुनिया में रहा, क्या करता रहा कुछ याद नहीं था। उस पर अपनी ज़िंदगी के ग्यारह दिन गुम हो जाने से बड़ा भय छाया।

"क्या हुआ था?"

"गठिया बुख़ार।"

"तुम कब आईं?"

"शंकर का तार पहुँचा, मैं आई तो..." वह हँस भी रही थी और आँसू भी बह रहे थे। "हाय मुझ....तुमने मुझे डरा दिया," आबिदा ने उसका हाथ उठाकर अपने गाल पर रख लिया।

"फिर अकेला छोड़कर जाओगी?" माज़िद ने उसका निचला होठ छूकर कहा।

"कब गई थी तुम्हें छोड़कर, दिल तो हरदम यहीं था तुम्हारे पास।"

"ख़तों में तो...नहीं मालूम होता था।"

"अरे ख़त तो तुम्हें जलाने के लिए लिख दिया था।" आबिदा की आँखें मिठास से छलक आईं।

"अबके जलाया तो खुदा क़सम भस्म हो जाएँगे हम भी।"

"तोबा, तोबा मेरी, अल्लाह," आबिदा ने कान की लौ उमेठकर गाल पर थप्पड़ लगाए, "जान अब ऐसी ग़लती न होगी।"

दोबारा नई-नई शादी का सा आनंद आ गया। सुबह से लेकर शाम तक दोस्तों का ताँता लगा रहता। फूल-फल, मिठाइयाँ और किताबें इतनी आईं कि बरतने वालों की कमी पड़ गई। ख़त, तार और कार्ड इतने आए कि आबिदा ने थालियों में भर के सरहाने शेल्फ़ पर सजा दिए।

बीमारी के ज़माने में माज़िद को गेस्ट रूम में पहुँचा दिया गया था। डबल बेड पर मरीज़ की देखभाल में मुश्किल होती है। जब वह सहारे से चलने के काबिल हुआ तो वह उसे अपने कमरे में ले आई। उस अर्से में उसने कमरे की शक्ल ही बदल दी थी। बारिश के ज़माने में धूप कम होती है इसलिए उसने भारी पर्दे उतारकर हल्के प्याज़ी नेट के पर्दे लगाए थे। कमरे में हर चीज़ आँखों के लिए सुकून देने वाली सफ़ेद या हल्के गहरे गुलाबी रंग की थी। सफ़ेद कुंडल 'वर्क' के

पलंगपोश को देखकर बर्फ़ से ढके मैदान याद आ जाते थे।

माजिद का जोड़-जोड़ हल्के दर्द से टूटता रहता। एक मुश्किल थकान और अनमनाहट छाई रहती। आबिदा उसे बिलकुल गोद के बच्चे की तरह बहलाती रहती। उसकी मुहब्बत प्याज़ी गुलाबी शामियाने की तरह सुकून भरा साया किए रहती। इस ठंडी छाँव में माजिद की आँखें बंद किए अपनी 'खुशबख़्ती' पर आश्चर्य करता, मौत के मुँह में जाकर उसने आबिदा को दोबारा पा लिया था, वह डरावना ख़्वाब ख़त्म हुआ। अब ज़िंदगी फिर समतल सड़क पर चलने लगी।

आहिस्ता-आहिस्ता मिज़ाजपुर्सी करने वालों का सिलसिला कम हुआ और फिर ख़त्म हो गया। माजिद ने दो महीने की और छुट्टी ले ली थी। डॉक्टर ने एहतियात का परामर्श दे रखा था। गठिया बुख़ार में दिल पर बहुत असर पड़ता है। परहेज़ बहुत ज़रूरी है। आबिदा अपने हाथ से परहेज़ी खाना तैयार करती और चम्मच से मुँह में डालने पर ज़िद करती। वैसे जो बेइंतहा बेसुधपन का इज़हार मेहमानों के सामने हुआ करता था उसे अनावश्यक समझकर नज़रअंदाज़ कर दिया था। मगर परहेज़ के मामले में बड़ी सख़्त साबित हुई थी। अगर यों ही कभी माजिद ने उसे क़रीब खींचा तो वह एकदम उसे टोक देती। मामूली मुहब्बत से बचने के लिए वह बड़े लंबे-चौड़े इंतेज़ाम में लग जाती। कई दफ़ा कहने के बाद रात्रि का लिबास बदलती। वह बजाए सुंदर नाइट ड्रेस के पूरी आस्तीन के कुर्ते और ढीले पाजामे पहनने लगी थी।

माजिद ने सख़्त विरोध किया।

"ये ताम-झाम हमें बिलकुल पसंद नहीं, वहशत होती है।"

"नाइट सूट बड़े छिछोरे लगते हैं, मैंने सब शबाना को दे दिए।"

"तो नए बनाओ।"

"क्यों?"

"हम जो कहते हैं।"

"क्यों कहते हो?" वह शरारत से हँसी, "हम तो नहीं कहते तुम

हमेशा कुर्ता-पाजामा ही पहनते हो और हमें काफ़ी सेक्सी लगते हो।''

''पहले जो पहनती थीं।''

''पहले की बात और है। पहले तो कभी हम घुटनियों भी चलते थे। चूसनी भी चूसते थे।'' माज़िद खिसियाना हो गया।

''और सच्ची बात है बुढ़ापे में ये चोंचले नहीं भाते।''

''तो तुम बूढ़ी हो गईं?''

''वैसे तो बूढ़ी ही हूँ, कोई दस वर्ष का तो फ़र्क़ होगा...''

माज़िद का दिल बैठने लगा, नहीं....आबिदा ने उसे माफ़ नहीं किया और कभी माफ़ नहीं करेगी।

''हटाओ क्या कपड़ों का झगड़ा खड़ा कर दिया। अरे मैं मोसमी का जूस देना भी भूल गई।'' वह तेज़ी से बाहर निकल गई।

''वाक़ई कपड़ों से क्या होता है। अगर बर्फ़ की सिल को कमख़्वाब में लपेट दिया जाए तो वह दुल्हन बन जाएगी।'' और बर्फ़ की सिल उसकी छाती पर और बोझल-बोझल होती गई।

जिस्मानी तौर पर नार्मल हो चुका था। दफ़्तर भी जाना शुरू कर दिया था। मगर आबिदा बड़ी शिद्दत से उसकी 'फ़रसंग' पर आग्रही थी। जहाँ तक मुमकिन होता वह उसे बहला-फुसलाकर उसका ध्यान हटाती रहती।

''आबिदा!'' उसने विवश होकर खुलकर बात करने का फ़ैसला कर लिया।

''जी,'' वह बड़े प्यार से बोली।

''क्या मैं सख़्त बीमार हूँ?''

''ख़ुदा न करे, क्यों?''

''यही मैं पूछता हूँ, तो फिर क्यों?''

आबिदा ने कुछ जवाब न दिया, बेड कवर पर अजीब-अजीब से निशान खींचती रही।

''जवाब दो मेरी बात का।''

''जवाब न हो तो कहाँ से दूँ।'' उसने मरी हुई आवाज़ में कहा।

''क्या हमारी शादी कोई मानी नहीं रखती।''

आबिदा का सर झुक गया।

''आबिदा लिल्लाह जवाब दो।''

आबिदा ने धीरे-धीरे नज़रें उठाईं और खिड़की के बाहर कुछ तलाश करने लगी। उसका चेहरा बिलकुल पीला और सुता हुआ था। ''पता नहीं,'' उसकी आँखें छलक उठीं।

''आबिदा मेरी जान।'' उसने बेक़रार होकर उसे अपने सीने से लगाना चाहा मगर उसे ऐसा मालूम हुआ उसकी बाँहों में उसकी आशिक ज़ार बीवी के बजाए काँटेदार फौलादी तार हैं, जिनमें कोई लचक है न झुकाव।

''उफ़, रंग चढ़ गई,'' वह शर्मिंदगी मिटाने को गुद्दी सहलाने लगी।

''क्या मेरे हाथों में काँटे हैं।''

''नहीं...'' मगर...वह...वह बात को टालने लगी।

''क्या...? मगर...?'' उसने उसका हाथ पकड़कर वापस बैठा दिया।

''ओह!'' वह कराही।

''सॉरी...मगर क्या कह रही थीं तुम?''

''तुम्हारे हाथ...'' वह फिर झिझक गई।

''क्या है मेरे हाथों में?'' वह थक चुका था, ''काँटे हैं मेरे हाथों में?''

''क्यों पूछते हो उलटी-सीधी बातें? तुम्हारे हाथों में कुछ भी नहीं....शायद मेरे लिए कुछ नहीं।''

''क्या मतलब?''

''तुम-तुम मुझे हाथ लगाते हो तो....तो ऐसा लगता है अपने दिल पर अत्याचार कर रहे हो...ज़बरदस्ती...''

"ये क्या बक रही हो?"

"माज़िद....कोई फ़ायदा नहीं...मज्जू....ये नाटक अब ख़त्म हो जाना चाहिए।" उसके चेहरे पर अजीब बेरहमी तारी (व्याप्त) हो गई...ये रिश्ता ज़बरदस्ती का नहीं दिल का होता है।

"यानी मैं दिल पर जब्र (अत्याचार) कर के....तुम्हारे....तुम्हें...तुम ऐसी बातें कर रही हो?"

"हाँ...और उसकी वजह बिलकुल साफ़....ज़ाहिर है। तुमने और मैंने दोनों ने ग़लती की है।"

"ग़लती?"

"देखो...मज्जू समझने की कोशिश करो। एक तार काट कर दूसरी तरफ़ जोड़ दिया जाए तो करंट का सिलसिला ख़त्म हो जाता है....फिर अगर....दूसरी तरफ़ से फिर तार काट दिया जाए तो फ़्यूज़ उड़ जाता है। तब बहुत जोर का शॉक लगता है।"

"टूटे हुए तार जोड़े भी जा सकते हैं।"

"वह सेल्युशन हमारे मिलाप से न बन सका।"

"क्या मतलब?

"जब मियाँ-बीवी के दर्मियान के तार टूटने लगते हैं तो बच्चे सेल्युशन बनकर उन्हें जोड़े रखते हैं।"

"उफ़, तुम मुझे दीवाना कर दोगी, आबिदा मेरी जान मैं तुम्हारा हूँ। मेरा दिल तुम्हारा है।"

"मगर जिस्म मेरा नहीं।"

"आबिदा...प्लीज़।"

"और बँटवारे पर कोई शादी नहीं फल-फूल सकती। ये तुम्हारे दो टुकड़े अलग-अलग किसी काम के नहीं। वह जिस्म जिसमें दिल न... और वह दिल..."

"आबिदा।"

"मैंने बहुत सोचा है... इतना सोचा है कि शिथिल हो गई हूँ,

इसके अलावा कोई चारा नहीं। तुम अपने अस्तित्व को विभाजित करके ज़िंदा नहीं रह सकते। इसलिए तुम्हें 'सही-सालिम' बनना पड़ेगा।''

''तुम मुझे उलझाती जा रही हो, अच्छा मैं तुम्हारी, थ्युरी मान भी लूँ, फिर भी मेरा दिल-दिमाग़ तो तुम्हारा ही है और बरसों मेरे जिस्म ने तुम्हारी पूजा की है। अगर एक ज़रा-सी भूल से एक लम्हे को दूर हट गया तो क्या तुम उसे वापस अपने क़दमों में जगह न दोगी।''

''जिस्म की ऐसी तौहीन (बेइज़्ज़ती) न करो, मुझे तुम्हारा जिस्म क़दमों में नहीं खुली बाँहों में चाहिए मगर मैं तुम्हें तुमसे बेहतर जानती हूँ, तुम्हारा जिस्म तुम्हारे दिमाग़ का गुलाम है और ज़बरदस्ती की मैं क़ायल नहीं।''

''और मेरा दिमाग़ मेरे जिस्म का ग़ुलाम है।''

''हर मर्द का जिस्म दिमाग़ पर छाया रहता है। इसमें शर्म की क्या बात है। शताब्दियों के प्रशिक्षण का नतीजा है और फिर चूर-चूर हो जाने से बेहतर है कि समझौता कर लिया जाए।''

''यानी अगर मेरा जिस्म कीचड़ में मचलने को तैयार हो जाए तो मैं अपने दिमाग़ को भी गट्टर में फेंक दूँ।''

''अक़्ल और शिक्षा की तराजू में इनसान को तोलना इंसाफ़ नहीं, जैसे मोना बेहतर औरत है। उसके पास जो धन है...वह मेरे पास नहीं, इसलिए कीचड़ कभी-कभी संदल से ज़्यादा लाभप्रद सिद्ध होता है।''

''तुम्हें कमी के एहसास ने अंधा कर दिया है, ये क्या कह रही हो।''

''ठीक ही कह रही हूँ, वर्ना वह तुम्हें यों न छीन ले जाती।''

''बकवास, मुझे किसी ने नहीं छीना।''

''समूचा न सही मगर मलाई तो उतार ले गई,'' वह खिलखिलाकर हँसी। उसकी आँखें अजीब तरह चमक रही थीं। चेहरा भभूका हो रहा था। उँगलियों के पोरे सर्द पड़ गए थे। और हथेलियाँ पसीने से तर थीं। आग और पानी के इस बेरहम मेल से उस पर कुछ अनजानी-सी

बोहरानी कैफ़ियत व्याप्त हो रही थी।

"तो क्या राय है तुम्हारी" माज़िद ने जलकर पूछा।

"तुम उससे शादी कर लो...देखो...देखो...ठंडे दिल से बात सुनो तुम अगर तुम जलते तवे पर बैठ जाओ और ये कहो कि उसका जिस्म ज़्यादा हसीन और ज़्यादा दिलचस्प नहीं तो मैं यक़ीन नहीं करूँगी।"

"दुनिया में करोड़ों औरतों के जिस्म ज़्यादा...उससे भी ज़्यादा दिलचस्प हैं तो इसका ये मतलब तो नहीं कि मैं अक़्ल के सारे दरवाज़े बंद करके ज़िंदा रह सकता हूँ। ये नादिरशाही हुक्म देने का तुम्हें किसी तरह भी अधिकार नहीं पहुँचता, ज़रा ग़ौर करो तुम मुझे जिस बुरी तरह ठुकरा रही हो, अगर ऐसा ही था तो तुमने उस वक़्त फैसला क्यों न किया, जब...."

"जब औरत की 'आन' सामने आकर डट गई और मेरी अक़्ल पर पर्दे पड़ गए। तुम पर अपना अधिकार समझती थी कि ये अंदाज़ा भी न कर सकी कि तुम्हें जीत न सकूँगी। पूरा न पा सकूँगी। अब तुम्हें अधूरा पाकर इस फ़ैसला पर पहुँची हूँ कि ये मेरी ख़ुदग़र्ज़ी और कमीनापन है कि तुम्हारे बँटवारे पर तुल गई हूँ। दूसरे उस वक़्त वाकई हद से ज़्यादा ख़ुदग़र्ज़ी थी कि तुम्हें खो देने के बाद मेरे स्त्रीत्व को दाग़ लग जाएगा। लोग तुम्हें गालियाँ तो देंगे, साथ में मेरे ऊपर भी तरस खाएँगे, उफ़ अल्लाह! तरस कैसे खिला सकती थी दुनिया को? निहायत झूठा और 'अहमक़ाना' घमंड, हारा हुआ ओछे हथियारों पर उतर आता है। मुझे अपने पर विश्वास था कि मैं उल्टी कोड़ी को पलट सकूँगी। तुम भी मेरे रहोगे। और तुम्हारी बच्ची को ममता देकर शायद उस ज़्यादती का कुछ बदला हो जाए जो मैंने बाँझ होकर तुम्हारे हक़ में दे डाली है।"

"तुम अपने जानते, अपनी पीठ पर खुद अपने हाथ से दरे लगाकर प्रायश्चित्त कर रही हो।"

"हो सकता है क्यों नहीं, कि जिस्मानी कोड़े ज़मीर की चोट से कहीं ज़्यादा चोट पहुँचाने वाले हैं।"

"तो तुमने फैसला कर लिया है कि अपने ज़मीर की चोटों से बचने के लिए अपने दिमाग़ की 'यकसूई' के लिए मेरी क़ुर्बानी चढ़ाओगी।"

"हँसी खुशी नहीं, बड़े रियाज़ के बाद मैंने तैयारी की है।"

"तो अब तुम मुझे दे डालने पर पूरी तरह तैयार हो।"

आबिदा ख़ामोश होकर किसी सोच में डूब गई।

"क्या कोई रास्ता नहीं? तुम्हारे दिल में मेरे लिए कोई गुंजाइश नहीं?"

"उसके विपरीत मेरे दिल में तुम्हारे सिवा और किसी वहम की भी गुंजाइश नहीं। पिछले डेढ़ साल से बस तुम ही तुम हो चारों ओर। तुमसे नफरत, तुमसे गुस्सा, तुमसे प्यार, तुमसे हमदर्दी, तुम ही से जा मिलते हैं। मेरे हर ख़्याल के सिलसिले, और तुम कहते हो तुम्हारी मेरे दिल में गुंजाइश नहीं! तुम्हारे बारे में इतना सोचा है कि अगर खुदा के बारे में सोचती तो ज़रूर पैग़ंबर का रुतबा पा लेती। इसके बावजूद तुम्हें नहीं पा सकी।"

"पातीं तो जब ही जब खोया होता, अच्छा तुमने कहा था तुम्हारे दिल में मेरे लिए गुस्सा भी है और प्यार भी, इसका मतलब ये हुआ कि मैं तुम्हारे दिल में अभी ज़िंदा हूँ। फिर ज़िंदगी को दफ़न करने का फ़ैसला कैसे कर सकती हो। आबिदा मेरी जान....क्या तुम्हारा जिस्म मुझे कभी नहीं पुकारता।"

"नहीं पुकारता! मेरा जिस्म तुम्हारे लम्स के लिए सिसक रहा है।"

"तो फिर जब मैं हाथ लगाता हूँ तो..."

"तो...तो न जाने क्या होता है। शायद वह अपनी कमतरी के एहसास से झिझककर अपाहिज हो जाता है।"

"आबिदा," माज़िद को आबिदा की अजनबी आँखों से वहशत होने लगी। "मेरे पास आओ...इधर आओ।"

वह खिड़की के सामने उसकी तरफ़ पीठ किए खड़ी थी।

“कभी-कभी ख़्याल आता है, अगर मैंने हिम्मत से काम लिया होता तो सब ठीक हो जाता।” वह खुद से बातें कर रही थी। “अगर मैं मर जाती तो...”

“आबिदा!”

“सारा झंझट मिट जाता।”

“मैं तुम्हारे बाद ज़िंदा न रह सकता।”

“तुम यही कहते, और जान देने पर तुल जाते मगर सब तुम्हें बचाकर समझाते मरने वाले के साथ कोई नहीं मरता, और तुम समझ जाते। फिर तुम यों अपने जीवन के दो टुकड़े करने पर मजबूर न होते। फिर तुम असली मायनों में ज़िंदा रहते। तुम, तुम्हारी बीवी और बच्ची।”

“बंद करो ये बकवास खुदा के लिए। तुम्हें क्या हो गया है।”

वह फिर बड़ी शर्मिंदा हुई...“और क्या ‘अजब’ मेरी शुक्रगुज़ार होती कि मैंने उसकी ज़िंदगी को सँवरने का चांस दिया। तब वह शायद उसका नाम बजाए किट्टी के सबीहा रखती।”

माज़िद का सर चकरा रहा था और आँखों के सामने रंग-बिरंगे चक्र नाच रहे थे।

“जब पहली बार मुझे मालूम हुआ तो मैं मरने का इरादा करके समुद्र की तरफ़ गई। मगर मेरी हिम्मत जवाब दे गई। एक बार समुद्र में नहाते समय मेरा पैर फिसल गया था। मैंने खूब डुबकियाँ खाई थीं। कंठ में बहुत सारा रेत और खारा पानी भर गया था इसलिए मैंने...मुझे बहुत डर लगा, मौत से नहीं मौत के रास्ते तय करने से।”

वह खिड़की के बाहर अंतरिक्ष में न जाने क्या ढूँढ़ रही थी। शायद उन ख़्वाबों की परछाइयाँ जो टूट चुकी थीं। उसके चेहरे पर अत्यधिक थकन थी। माज़िद ने शिथिल होकर आँखें बंद कर लीं और सर तकिया पर डाल दिया।

एक गुलाबी तीतरी की तरह उसका दोपट्टा फड़फड़ा रहा था। उसकी पुतलियों पर से फिसलती हुई वह दूर गहराई में डूबती चली गई। और ग़ोश्त का एक विहंगम लोथड़ा बन गई।

"आबिदा!" उसने अपने कंठ की गहराइयों से पुकारा मगर कोई आवाज़ न निकली। चौंककर उसने आँखें खोल दीं। आबिदा का जिस्म खिड़की से बाहर झुका हुआ था।

"आबिदा!" उसका जिस्म एक बार लरज़ा मगर दूसरे क्षण माज़िद ने उसको बाँहों में जकड़ लिया।

"क्या हुआ मज्जू!" वह उसकी फटी-फटी आँखें देखकर सहम गई।

"तुम...तुम...इस खिड़की से..."

"खिड़की से..."

"हाँ आबिदा..." उसके माथे पर पसीने की बूँदें-सी फूट आईं।

"ओह...तुम समझे मैं इस खिड़की से गिरकर खुदकुशी कर रही हूँ।"

"हाँ...मेरी जान निकल गई आबिदा...तुम..."

उसके जिस्म का लोच फिर फ़ौलादी तारों में 'तहलील' (विलयन) हो गया।

"मगर ये खिड़की ज़मीन से तीन फीट ऊँची भी नहीं। यहाँ से गिर के तो मेरे पैर में मोच आने का भी ख़तरा नहीं।" वह हँसी।

माज़िद के हाथों में जहरीले काँटे उतर गए।

"अगर ये खिड़की बजाए तीन के तीस फीट की ऊँचाई पर हो तो?"

"तो, उफ़ ख़ुदा!"

"तो तुम मुझे नीचे फेंक देते।" उसकी आवाज़ में प्यार था।

"आबिदा।"

"और लोग समझते मैंने दिल से मजबूर होकर खुदकुशी कर ली

है।'' उसके होठ मुस्कुरा रहे थे।

''तुम...तुम समझती हो...'' उसकी आवाज़ में विरोध नहीं था सिर्फ थकन थी।

''समझना तो नहीं चाहती...माज़िद। मगर मैं हार गई।'' वह हँसी, ''अब तुम ठीक हो गए अब मैं...यहाँ...बेकार क्यों तुम्हारे संताप का सामना बनी रहूँ,'' उसकी आवाज़ में बेइंतहा नर्मी थी।

वह ख़ामोश सूनी-सूनी आँखों से उसे देखता रहा।

''हमीदा नैरुबी जाते हुए उधर से गुज़रेगी। मैं उसे लिख दूँ कि अम्मीजान को मेरी ज़रूरत है। वह यहाँ महीना भर पहले आ जाए। उसके आने से चहल-पहल हो जाएगी।''

वह फिर भी ख़ामोश रहा।

''फिर तुम कुछ दिन के लिए बंगलोर अमीना ख़ाला के पास चले जाना।''

''फिर।''

''अम्मीजान को बरसात के मौसम में बड़ी तकलीफ़ होती है।''

''तुम जाना चाहती हो।''

''मकान की मरम्मत भी ज़रूरी है। मैं सोचती हूँ बड़े अब्बा वाला घर अगर बिक जाए...तो डॉक्टर और शंकर के पैसे भी अदा हो जाएँगे।''

''मेरी बात का जवाब दो। तुम जाना चाहती हो?''

''मैं....मैं सोचती हूँ अगर...''

''क्यों?''

वह ख़ामोश अपने दामन की शिकनें निकालती रही।

''तुम डरती हो? अमेरिकी फिल्मों के हीरो की तरह मैं तुम्हें क़त्ल कर के...''

''मैं मरने से नहीं डरती...मैं...माज़िद...मुझे अपनी दिमाग़ी हालत पर शक होने लगा है। मेरे 'आसाब' बहुत...बहुत, ओह मैं तुम्हें कैसे

बताऊँ कुछ महसूस नहीं होता?''

''तुम्हें अपनी दिमागी हालत पर शक होने लगा है या मुझ पर।''

''दोनों ही बातें हैं मज्जू मेरी जान। हम दोनों जिस दौर से गुज़रे हैं वह बहुत महत्त्वपूर्ण है।''

''जानता हूँ, जो तुम पर बीती वह दुनिया की किसी औरत पर नहीं बीती।'' एकदम माज़िद का चेहरा तमतमा उठा।

''ये तो मैं नहीं कहती मगर शायद मैं दूसरी औरतों की तरह पूरी नहीं मेरा दिल छोटा हैं। मैं नीच हूँ।''

''आबिदा। मैंने गुनाह किया, उसे माना, तौबा की।''

उकताकर आबिदा ने मेज़ पर से गिलास उठाया और फ़र्श पर छोड़ दिया। काँच के टुकड़े चीख कर फ़र्श पर तड़पने लगे।

''अगर अब मैं अपनी गलती मान लूँ, तो क्या ये टुकड़े जुड़ जाएँगे?''

''तो तुम जाना चाहती हो। चाहे फिर टुकड़े जुड़ें या कूड़े पर फेंक दिए जाएँ।''

''वक़्त सारे ज़ख़्म भर देता है। तुम्हारी बीमारी की वजह से...शायद कच्चे खरंड उखड़ गए।''

''आबिदा जानती हो कभी मैं क्या सोचा करता था?''

''क्या?''

''कि अगर तुमने कभी मेरे साथ बेवफ़ाई की तो 'ब-खुदा' तुम्हारा गला घोंट दूँगा और फिर अपने को गोली मार लूँगा। मगर अब...''

''और अब...''

''अब मैं दुआ माँगता हूँ कि काश तुम्हारे क़दम लड़खड़ा जाएँ। तुम मेरे साथ दुआ करो और तराजू के दो पलड़े बराबर हो जाएँ। तुम भी इतनी गंदी हो जाओ। तब हम दोनों बराबर हो जाएँगे दूरी मिट जाएगी।''

"इसलिए मैं कहती हूँ हमें साथ नहीं रहना चाहिए। वर्ना वह कुछ हो जाएगा जो नहीं होना चाहिए," उसकी साँस फूल गई, जैसे वह बहुत दूर से चली हा रही हो।

"हमीदा को लिख दो मेरे गर्म कपड़े लेती आए। बंगलोर में सर्दी होगी।" माज़िद ने करवट लेकर मुँह दीवार की तरफ़ कर लिया।

आबिदा बड़ी तेज़ी से प्लेटें चमचे गिनकर अलमारियों में बंद करने लगी। ज्यादा तौलिया, चादरें अपने बक्स में साथ ले लीं। न जाने कितने अर्से की यात्रा हो। लोग बड़े हथछुटे हैं। झाड़ू भी न छोड़ेंगे।

आबिदा हमेशा रंगे चिट्टे दोपट्टे ओढ़ा करती थी। साल भर चलते थे। उसके वह दोपट्टे जो वह ससुराल से टाँक के लाई थी। जब टकन वाले ख़त्म हो जाते तो वह खुद ही रंग में डुबो के कुछ दिन काम चला लेती थी। मगर कुछ दिन से वह सफ़ेद दोपट्टे ओढ़े फिर रही थी। फिर एक दिन सोने की चूड़ियाँ भी उतार दीं। माज़िद चोरी-चोरी देखता और उसका दिल बैठने लगता। अभी तो मरा नहीं। आबिदा ने उसका सोग क्यों मनाना शुरू कर दिया।

"अँगूठी कहाँ है?" ये अँगूठी उसकी माँ ने दी थी कि बेटा दुल्हन को पहना कर मुँह देखना।

"कौन-सी अँगूठी?...ओह...उसका नग ढीला हो गया था। शंकर को दी है ठीक कराने के लिए।"

"कैसी अँगूठी...भाभी ने तो नहीं दी," माज़िद ने शंकर से पूछा तो वह चकरा गया।

"ओह! शायद भूल गई।" मगर उसने आबिदा से ज़िक्र करना अपनी हतक समझा।

ड्रेसिंग टेबिल पर जो शादी की दोनों की तस्वीर थी उसका ख़ाली फ्रेम उसने अलमारी के तख़्ता पर देखा और चुपचाप रख दिया। रवि की टोकरी में उसे सिर्फ आबिदा की तस्वीर के पुर्ज़े मिले, उसकी अपनी तस्वीर ग़ायब थी।

आबिदा इस बार सारे रिश्ते तोड़कर जा रही थी।

फिर एक दिन प्लेटें, चमचे वापस साइड बोर्ड पर सज गए। तौलिया, चादरें बड़े संदूक़ से निकल पड़ीं और शंकर से घर में क़लई करने वालों को बुलाया जाने लगा।

मगर अँगूठी और चूड़ियाँ वापस न लौटीं।

डाक आती तो आबिदा चील की तरह झपटती। माज़िद की डाक मेज पर रखकर वह स्नान घर में बंद हो जाती। फ़्लश में एक दिन उसने निहायत आला क़िस्म के लिफ़ाफ़े के पुर्जे भी देखे। पता नफासत से टाइप किया हुआ था। आबिदा खोई-खोई-सी गुसलखाने से निकलती, फिर गोदरेज की अलमारी का लॉकर खुलने और बंद होने की आवाज़ आई।

''मैं अभी आई, ज़रा नुक्कड़ तक जा रही हूँ।''

माज़िद जासूसी में माहिर होता जा रहा था, वह नुक्कड़ तक नहीं, उससे ज़रा आगे डाकखाना तक जाती थी।

''शायद कहीं नौकरी का प्रोग्राम है।'' माज़िद दिल ही दिल में सोचता, उसके हाथ-पैरों का दर्द फिर तेज़ होने लगा था। बिना वेतन के छः महीने की दरख़्वास्त दे रखी थी। आबिदा की माँ ने दो हज़ार का ड्राफ्ट भेजा था उसमें मालूम होता था गूलर का फूल पड़ गया है। आबिदा को वह हमेशा कौड़ी-कौड़ी पकड़ा देता था। पिछली चिट्ठी की तीन महीने की आधी तनख़्वाह मंजूर हुई थी।

''हमीदा का ख़त आया?'' उसने दस-बारह दिन सब्र करने के बाद पूछ ही डाला।

''नहीं।''

''क्यों?''

जवाब देने की बजाए वह दूसरे कमरे में जाकर अलग-अलग कमरों के अलग-अलग रंगों के बारे में समझाने लगी।

''मैंने क्या पूछा था?'' ड्राइंग रूम से गुज़री तो माज़िद ने पुकारा।

"क्या...?" उसने कुछ तुनककर जवाब दिया। "हमें नहीं मालूम।"

"क्या मतलब?"

"भई क्यों दिक कर रहे हो? मिस्त्री कहता है लाई लॉक बेडरूम ठीक नहीं रहेगा।"

"लाई लॉक?"

"रंग, हल्का कासनी रंग।"

"क्या पागलों की सी बातें कर रही हो।"

"अच्छा लाई लॉक नहीं तो फ़ाख़्ताई कर दो," वह माज़िद को क़तई नज़र-अंदाज़ करके मिस्त्री से सर मारने लगी।

न जाने क्यों माज़िद का जी हलका हो गया। बारह बरस की नई ब्याही दुल्हन याद आ गई। रात को सोते-सोते चौंककर कहा करती थी।

"हल्के बादामी पर्दे तो हर कमरे में खप जाएँगे। मगर दीवान पर बादामी कवर होना चाहिए।"

और वह उसकी घरदारी का मज़ाक़ उड़ाता।

"ऐन्ट्रेयर डेकोरेशन का कोर्स ले लूँ," वह बड़े शौक से पूछा करती।

"हुश!"

"तो फिर खाना पकाने का? बेकार घर में वक़्त बर्बाद होता है।"

"वाहियात।"

"तो फिर तुम्हारी राय में कौन-सा कोर्स ठीक रहेगा।"

"इंटरकोर्स!" वह उसे पकड़कर छेड़ता।

"हट..." वह झेंपकर मुँह फेर लेती..."हर वक़्त गंदी बातें कहते हो।"

उसने एक लंबी-सी साँस ली...क्या आबिदा के सपने फिर जाग उठेंगे।

"हाँ...क्या पूछ रहे थे। बड़ा बुरा है ये टाल-मटोल किए जा रहा था।" वह आकर बड़े ठस्से से कुर्सी पर बैठ गई।

''हमीदा का ख़त आया?'' उसका जी तो नहीं चाह रहा था पूंछने को।

''नहीं मैंने ख़त ही नहीं लिखा जो जवाब आता। हे हे, ग़ज़ब हो गया।''

''क्या हुआ?''

''मेरी भी मत मारी गई है। ख़ैर रंगवा लूँगी।''

''क्या बक रही हो मेरी कुछ समझ में नहीं आता।'' माज़िद चिढ़ गया।

''बेडरूम के पर्दे तो गुलाबी हैं। बड़े चीप लगेंगे, जरा गहरे फ़ाख़्ताई ठीक रहेंगे या पिस्तई,'' वह खुद से कहने लगी। जैसे माज़िद वहाँ हो ही नहीं।

''लाहौलविलाकुवत!'' माज़िद चिढ़ गया।

वह ज़ोर-ज़ोर से हँसने लगी। इतना हँसी कि आँखों में पानी आ गया। फिर बड़े प्यार से उसे देखती रही।

''साफ-साफ, क्यों नहीं पूछ लेते कि हम जा रहे हैं या नहीं।''

माज़िद के गले में गोला फँसने लगा।

''बताओ...''

''क्या?'' वह फिर शरारत पर उतर आई।

''जा रही हो?'' माज़िद ने धड़कते हुए दिल से पूछा।

''ना...''

''क्यों?'' उसने बड़ी मुश्किल से घुटे हुए गले से पूछा। उसके कान तो ग़लती नहीं कर रहे।

''हमारी मर्ज़ी।''

''और...काँच के टुकड़े?''

''फेंक दिए कूड़े के डब्बा में।'' वह बड़े छिछोरपन से पैर हिलाने लगी।

वह ख़ामोश उसे आधी खुली आँखों से देखता रहा।

"तो फिर वह लिफ़ाफ़े के पुर्जे, डाकखाना के चक्कर? और गोदरेज के अलमारी के लॉकर का खटका?"

उसके सर में धमक हो रही थी। कोई नीचे से दिल को धकेल रहा था। फेफड़ों में खुश्क रेत के बगूले नाचने लगे।

उसने बाँहें फैला दीं। आबिदा का दोपट्टा प्याज़ के छिलके की तरह मिटाने से उतर गया।

नोरोस्क़े की लौंडिया अपने मैले बदबूदार दोपट्टे से उसकी आँखें पोंछ रही थी। मगर उसकी आँखों के तो जैसे वाशर गल चुके थे। इंधन की कोठरी के कच्चे फर्श पर पसीने की बूँदें टपक कर जज़्ब हो रही थीं। वह उसके अनाड़ीपन पर हँस रही थी।

मगर आबिदा हँसी नहीं।

बाहर धीमी-धीमी बारिश जैसे रो रही थी। माज़िद मिट्टी की ढेर की तरह सिसक रहा था। आबिदा के कलफ़दार दोपट्टे से उसके पपोटे छिल गए थे।

जब मैली-मैली सुबह हो रही थी तब थकान से चूर होकर दोनों दर्द भरी ग़ुनूदगी में डूब गए।

"तुम्हारा ज़ेवर कहाँ है?" माज़िद ने एक दिन पूछा।

"अम्मीजान के पास छोड़ आई।" आबिदा कुशन के ग़िलाफ़ बदल रही थी।

"वह नहीं, जो तुम हमेशा पहने रहा करती थीं। बुंदे।"

"रखे हैं।"

"चूड़ियाँ, अँगूठी!"

"सब रखी हैं, क्यों पूछ रहे हो?"

"पहनती क्यों नहीं?"

"जी घबरा गया। पहन लूँगी।"

"अभी पहन लो।"

"क्यों? क्या बिना ज़ेवर अच्छी नहीं लगती?"

"फिर वही बेतुकी बातें।"

"माशाअल्लाह बेटी के बाप हो तुम पर कौन यक़ीन खो सकता है।"

"आबिदा।"

"हूँ।"

"तलाक़ ले लो।"

"क्यों? फिर कीड़ा रेंगा।"

"एक बार तुमने तलाक़ माँगी थी। मैंने इनकार कर दिया था। अब मैं समझता हूँ, आबिदा मैं मर चुका हूँ।"

"मज्जू डार्लिंग मैंने वीणा जी से पूछा। वह कहती हैं इस बीमारी के बाद ऐसा होता है सब ठीक हो जाएगा।"

"और जो न हुआ।"

"मज्जू शादी बस एक ही जज़्बे का नाम नहीं। इस जज़्बे की तस्कीन (सांत्वना) को तो बाज़ार खुला है। मुझे तुमसे शिकायत नहीं। लेकिन अगर तुम सोचते हो कि ये ढोंग मैं तुम्हारी...तुम्हारी इस तकलीफ़ का कारण हूँ तो तुम्हें कौन रोक सकता है अगर कोई दूसरी औरत तुम्हें ज़िंदा कर सकती है तो?"

"मुझे कोई ज़िंदा नहीं कर सकता, दूसरी, तीसरी, चौथी, मुझे कोई औरत नहीं चाहिए।"

"तो एक काम कर दो।"

"क्या?"

"मुझे औरत मत समझो, अपना दोस्त, हमदर्द जो चाहो समझ लो, रिश्तेदार तो हूँ वही समझ लो।"

"तुम सड़न हो।"

"इसमें क्या शक है। अच्छा बकवास बंद।"

''आबिदा,'' माज़िद ने थोड़ी देर आँखें बंद करके पूछा।

''हाँ जान।''

''ये नौकरी तो अब जाती नज़र आती।''

''नहीं, अभी तुम दस महीने की छुट्टी और ले सकते हो।''

''बिना तनख़्वाह के।''

''हाँ, भूखी मरोगी।''

''भूखी मरोगी?''

''वैसे भी तुम पर मर मिटे, अब ज़रा भूखों मरने का भी मजा चख लेंगे वैसे बारह बरस तुमने रखा अब बारह बरस हम तुम्हें रखेंगे।''

''तुम सड़न हो।''

''इसमें क्या शक है।''

''मगर बड़ी प्यारी सड़न हो।''

''जब ही तो तलाक़ नहीं ले रहे हैं हम।''

''तुमने वाक़ई मुझे अपाहिज बना दिया है।''

''ताकि भाग न सको,'' वह बड़ी खुलकर हँसी।

''आबिदा!''

''उफ्फोह। अभी और कुछ कहना है।''

''प्याज़ी दोपट्टा न ओढ़ा करो।''

''लो नहीं ओढ़ते,'' उसने दोपट्टा उतारकर उसके मुँह पर मार दिया। माज़िद ने लपककर उसे कुशन के ढेर पर गिरा दिया।

घंटी बजी और डाक के डब्बे में खट से काग़ज़ गिरने की आवाज़ आई। आबिदा तड़पकर उसके पहलू से निकल गई। ज़मीन पर पड़ा प्याज़ का छिलका उठाकर वह भागी दरवाजे की तरफ़।

डाक लेकर वह वापस पलटी और उसके सामने डालकर खुद रसोई की तरफ़ चली गई।

''सूप के लिए कहना भूल गई।'' मगर माज़िद समझ गया कि वह झूठ बोल रही है और कुछ छुपा रही है।

उसने फ़ैसला कर लिया कि उसकी सारी उलझनों का जवाब आबिदा की गोदरेज की अलमारी के लॉकर में मौजूद है। आबिदा चाबी एक मिनट के लिए नहीं छोड़ती और उससे माँगने की हिम्मत नहीं।

लेकिन अगर लॉकर नहीं खोला तो वह पागल हो जाएगा। कई दिन वह लॉकर को आसानी से खोलने की तरकीबें सोचता रहा। वह चाबियाँ बजाती इधर से उधर घूमती तो माज़िद पर जुनून की कैफ़ियत तारी होने लगती। आख़िर उसने क्या दबा रखा है।

एक दिन उसकी क़िस्मत ने यावरी की और उसने धड़कते हुए दिल से देखा कि कुंजियों का गुच्छा आबिदा के तकिए के नीचे से झाँक रहा है। वह थकन का बहाना करके लेट गया। आबिदा उसकी चालबाज़ी से बेखबर आईने के सामने बैठी बाल सुलझा रही थी। शायद डाकखाना जा रही थी। इसीलिए साड़ी पहनी थी। तैयार होकर वह दरवाज़े तक गई। कमर में लटकने वाले चाँदी के छपके की ग़ैरमौजूदगी को महसूस किया और पलट पड़ी।

माज़िद की जान निकल गई। वह बड़ा असावधान हो गया। वह थोड़ी देर सिरहाने खड़ी चाबियों का गुच्छा निकालने की संभावनाओं पर ग़ौर करती रही। माज़िद का दिल इतनी ज़ोर-ज़ोर से धड़क रहा था कि उसे यक़ीन था कि वह सुन रही होगी।

उसके जाने के बाद वह कुछ देर स्थिर पड़ा रहा। आबिदा के जूतों की कट-कट दूर चली गई। तब वह हाँफता-काँपता उठा। उसे ये तक पहचान न थी कि कौन-सी चाभी कौन-से ताले की है। उसके जिस्म में नामालूम-सी टीसें उठ रही थीं और बायाँ बाजू बेदम-सा हुआ जा रहा था और कंधे पर गहरा बोझ था। हार्ट अटैक हो सकता था। मगर वह जान की बाज़ी लगाए चाबी पर चाबी लगा रहा था। खुदा-खुदा करके अलमारी खुली। लॉकर के अंदर कुछ न था। बस एक कोने में कुछ लाख पर नग जड़ी चूड़ियाँ और दो-चार बनावटी ज़ेवर पड़े थे। चेकबुक और बिजली गैस के बिल भी थे।

मगर दूसरे कोने में एक मोटी-सी फ़ाइल देखकर वह लड़खड़ा गया। कितनी भारी थी वह, एक मामूली फ़ाइल लेकर मुश्किल से वह कुर्सी तक पहुँचा।

फ़ाइल क्या थी माज़िद का 'आमाल नामा' (कर्म पत्र) था। मोना का एक-एक ख़त बड़े ढंग से तारीख़वार नत्थी किया हुआ था। इनके अलावा आज तक जो कुछ भी इस मद में ख़र्च हुआ था, उसका कौड़ी-कौड़ी का हिसाब मौजूद था। अस्पताल का खर्च, नर्सों को बख्शिश, टैक्सियों का किराया, पूना में रहने का हिसाब, यहाँ तक कि जो कपड़े आबिदा ने किट्टी के लिए बनाए थे, ऊन और सलाइयाँ आदि का भी विवरण था। तीन सौ रुपए महीना पर फ़ैसला हुआ था मगर हर माह किसी न किसी मद में सौ पचास ऊपर से हासिल थे। मगर आख़िरी रक़म की रसीद जो कुछ रोज़ पहले भेजी गई थी। वह पाँच सौ की थी। उसने कभी सोचा भी न था कि इतनी छोटी-सी ज़िंदादिली इतनी महँगी पड़ेगी। लोग इतने बड़े-बड़े गुनाह करते हैं, ऐयाशियाँ करते हैं, मजे से हाथ झाड़ के चल देते हैं। पहले के ज़माने में 'ज़ानी' (व्यभिचारी) को संगसार कर दिया जाता था। मगर उस पर नन्ही-नन्ही कंकरियों की फुआर एक पहाड़ बन चुकी थी, और साँस अभी चल रही थी।

मोना का ताज़ा ख़त शुरू के ख़तों से भिन्न था। उसका कागज़ चिकना, सुंदर और खुशबूदार था। पता भी डंकन रोड का नहीं उमर पार्क का दिया हुआ था। ताज़ा-तरीन ख़त में उसने लिखा था।

उसकी व्यस्तता को देखते हुए नैनी का होना बहुत ज़रूरी है। उसके हाथ के नीचे काम करने के लिए मंगलूरी आया है। मगर वह 'पोतड़े' नहीं धोती। इसलिए 'गंगा' रखनी पड़ती है। पौने चार सौ फ्लैट का किराया ही है, मगर बच्ची का भार वह सरन के कंधों पर...

माज़िद के बाएँ कंधे में भाला-सा उतर गया। मग़ज़ में सुइयाँ-सी खटकने लगीं।

आख़िर में लिखा था—अगर तंगी का यही हाल रहा तो बच्ची को किसी अनाथालय में छोड़ना पड़ेगा, और तंगी मिटाने के लिए आबिदा ने जो पाँच सौ भेजे थे उनकी रसीद साथ नत्थी थी।

''अब चोरियाँ 'भी' करने लगे।'' आबिदा ने फ़ाइल छीनने की कोशिश की। वह कब लौटी माजि़द को पता भी न चला।

'' 'भी', से तुम्हारा मतलब है हरामकारी के साथ...''

''अच्छा मेहरबानी से बाज़ और बातें न कीजिए,'' उसने फ़ाइल छोड़ दी। और मुजरिमों की तरह अलमारी बंद करने लगी।

''मेरे नाम के ख़त तुम्हारे पास कैसे पहुँचे?''

वह उसकी तरफ़ बेयूंही पीठ किए लॉकर टटोलती रही।

''मेरे सवाल का जवाब दो,'' वह गरजा।

''शंकर ने भेजे।''

''हरामज़ादा, उसने मेरे नाम के ख़त तुम्हें क्यों भेजे।''

''उसका कोई कुसूर नहीं, मैं उसे ताकीद कर गई थी।''

''क्यों?''

''इसलिए कि तुमने मामला मेरे सुपुर्द कर दिया था।''

''इसलिए डाकघर भागती हो।''

''क़तई नहीं भागती, बड़े आराम से चलती हूँ। अल्लाह क़सम!'' वह अलमारी बंद करके मुस्कुराई।

''तीन सौ के बाद ये पाँच सौ, तुमने किसकी इजाज़त से भेजे?''

''खुद अपनी इजाज़त से।''

''वह तुम्हें ब्लेकमेल करती रही और तुम?...तुमने मुझसे ज़िक्र करना भी ज़रूरी न समझा।''

''तुम्हें परेशान करने से क्या फ़ायदा होता, डॉक्टर कहते हैं, इस बीमारी के बाद बरसों एहतियात करनी पड़ती है।''

''तुमने ये न सोचा कि जब मुझे मालूम होगा, तुम...''

''मेरा ख़्याल था तुम्हें कभी न मालूम होगा। जिस दिन तुमने ये

मामला मेरे सुपुर्द किया, फिर पलटकर कभी कुछ न पूछा। कभी कोई विवरण मालूम करने का प्रयास न किया। मेरा विचार था तुमको इस फ़ाइल के अस्तित्व का पता भी न होगा। और ये कि तुम कभी मेरे ऊपर शक करके मेरी अलमारी की तलाशी लोगे, ये तो मैंने सोचा भी नहीं था।''

उसने अपना खुश्क काग़ज़ जैसा हाथ उसकी पेशानी पर फेरा कि—''लेट जाओ'' माज़िद उसके स्पर्श से चिढ़कर और भड़क उठा।

''हर बात की एक हद होती है।'' उसने आबिदा का हाथ झटक दिया, तुमने फ़र्दे, ''जुर्म इतनी सावधानी से तैयार किया है, उसका जवाब नहीं।''

''फ़र्दे-जुर्म'' आबिदा का रंग मिट्टी हो गया। बड़ी तेज़ी से वह अपने आँचल की शिकनें मिटाने लगी।

''इस डर से कि मैं कहीं भूल जाऊँ और इनकार करने लगूँ, तुमने....''

''नहीं-नहीं मज्जू तुम्हारे सर की क़सम जान....मैंने....मैं,'' उसके चेहरे की रगें खिंच गईं। ''मैं तुम्हें कोई बात भुलाना नहीं चाहती। मैंने ये कभी नहीं सोचा कि तुम्हें अपनी औलाद से मुहब्बत नहीं, या उसकी माँ से तुम्हारा कोई रिश्ता नहीं। मेरा तुम्हारा रिश्ता तो मेरे दम तक है और उसका रिश्ता बेटी और उसकी औलाद-दर-औलाद बहुत दूर तक जाएगा।''

''तुम्हारी दरियादिली का जवाब नहीं। तुम देवी हो देवी, मुझे अपने चरणों में माथा टेकने दो,'' माज़िद ने बड़े ड्रामाई अंदाज़ में तीर मारा।

''तुम चाहो तो इससे भी ज़्यादा कमीनी बातें कह सकते हो।''

''और तुम सहन कर लोगी, ताकि पछतावे का बोझ और मेरी छाती पर बढ़ जाए।''

''कहे जाओ। सारा ज़हर उगल दो। शायद कुछ कड़वाहट कम

हो जाए। वैसे तो मुझे रोना-पीटना और 'फील' मचाना चाहिए था कि यही दुनिया की शरीफ़ बीवियों का दस्तूर है। मगर तुमने जब मुझे अपना हमराज़ बनाया तो बीवी नहीं अपना दोस्त समझा। तुमने अनोखी बात की। मैंने अनोखा जवाब दिया। तुम जानते हो, मैं कितनी सुघड़ हूँ। ये फ़ाइल तुम्हारा आमालनामा (कर्म पत्र) नहीं। मैं कोई काम भी जैसे-तैसे नहीं करती, चलो इस नामुराद फ़ाइल को चूल्हे में झोंक दो, बस?''

''तुमने जाते-जाते इरादा क्यों बदल दिया।''

''मज्जू बारह वर्ष तुम्हारे साथ रहते-रहते कुछ तुम्हारे वजूद की आदी हो गई हूँ। तुम्हारे बोझ को अपनाकर अब भी तुम्हें अपना समझती हूँ। तुम्हारी बीमारी मेरी है। तुम जी से खाना खा लो, मेरा पेट भर जाता है। तुम्हारे जोड़ों में दर्द होता है, मेरा कलेजा कटने लगता है। यक़ीन नहीं होता अभी कि तुम्हारे दिल में मेरे लिए कोई जगह नहीं। हाँ, हाँ कह दो। मैं पुराने ख़्याल की हूँ, पतिव्रता हूँ, अच्छा बताओ अगर तलाक़ के बाद भी मैं तुम्हें अपना मानती रहूँ तो तुम मेरा क्या कर लोगे।''

''खुदा का वास्ता, मुझे इतना बुलंद मर्तबा न दो। मेरा दम घुटा जाता है। मैं इतना बोझ नहीं सहन कर सकूँगा,'' उसका चेहरा अजीब हो गया।

''लिल्लाह माज़िद...मेरी जान,'' वह बेचैनी से उँगलियाँ चटखाने लगी।

''ये मुहब्बत नहीं फाँसी है, अगर मैं तुम्हें हाथ लगाऊँ तो तुम्हारी रगों का खून जम जाता है...मुझे ऐसी रूहानी मुहब्बत से ख़ौफ़ आता है। ऐसी मुहब्बत मुर्दे किया करते होंगे। मुझे उस लाश से घिन आती है।'' वह बेचैनी से टहलने लगा। फ़िर एकदम दोनों हाथ पकड़कर बोला, ''मेरे खोदे हुए कुएँ में तुम न डूबो, आबिदा उस मकड़ी के जाले से निकल जाओ।''

"कैसे निकल जाऊँ, कोई रास्ता हो?" वह दोनों हाथों से मुँह ढाँक कर लंबी-लंबी साँसें लेने लगी।

"मैं अभी टिकट का इंतेज़ाम करता हूँ," वह उठा।

"जाने का वक़्त निकल गया।"

"क्या मतलब?"

"शुरू ही में तुम्हारी बातों में न आकर चली जाती तो सब ठीक हो जाता, मगर नहीं जा सकी। मेरी खुदग़र्ज़ी और कमज़ोरी ने मेरे पैर थाम लिए।"

"मैंने तुम्हें रोका।"

"मगर मैं क्यों रुकी, क्योंकि रुकना चाहती थी।"

"तुम्हारा तर्क मुझे दीवाना बना देगा।"

"मेरी वजह से उसकी ज़िंदगी भी बर्बाद हुई। उसे सरन जी का सहारा लेना पड़ा क्योंकि उस घर के दरवाज़े उस पर बंद हैं। सारे अधिकार मेरे नाम सुरक्षित हैं। मैं मिसेज माज़िद कहलाती हूँ और वह तुम्हारी बच्ची की माँ होकर भी क़ानून के अनुसार कोई नहीं, ये क़ानून नहीं ढकोसला है।"

"अगर कोई नाली में क़ै कर दे और उसमें कीड़े बजबजाने लगें तो उस नाली से उसका ब्याह हो जाएगा।"

"तुम मोना को नाली और बच्ची को कीड़ा कहकर मुझे इज़्ज़त देने की कोशिश कर रहे हो, मगर माज़िद मैं इतनी छिछोरी नहीं हूँ। मैंने मोना को तुमसे ज़्यादा क़रीब से देखा है। हाँ, हाँ तुम उसके साथ सोए हो मगर मैंने, उसके साथ यास और नामुरादी में डूबी हुई रातें काटी हैं। साथ मिलकर तुम्हारी बेवफाई का मातम किया है। जानते हो उसे मेरे ऊपर बड़ा तरस आता था। उसने एक लम्हे के लिए भी यक़ीन नहीं किया कि तुम उसे मुझ जैसी बेकार चीज के कारण छोड़ रहे हो। वह समझती थी कि तुम हरजाई हो। और सारी उम्र तुम्हारी ऐयाशियों पर अपना आँचल डालती रहूँगी कि मुझ जैसी बंजर औरत का यही फ़र्ज़ है।"

"एक रंडी के साथ मिलकर तुमने मेरे ख़िलाफ़ षड्यंत्र बना लिया।"

"हम बेचारियाँ क्या तुम्हारे ख़िलाफ़ षड्यंत्र बनाएँगी, तुम्हारे पीछे हम एक- दूसरे की गर्दनें मरोड़ती फिरती हैं, तुम कहीं ठोकर मारते हो, कहीं नाक रगड़कर उल्लू सीधा कर लेते हो, अच्छा मैं एक शर्त पर तलाक़ लेने को तैयार हूँ कि तुम उससे शादी कर लो, बोलो मंजूर है।"

"फिर वही मुर्गे की एक टाँग। मैं कह चुका हूँ कि उसका मेरा कोई जोड़ नहीं।"

"इसलिए कि वह तुम्हारे अलावा औरों के इस्तेमाल में रह चुकी है, तो फिर ये कहो कि मेरा और तुम्हारा भी कोई जोड़ नहीं। क्योंकि तुम भी औरों के काम आ चुके हो। जबकि मैं सिर्फ़ तुम्हारी ही बनकर रही हूँ। हाँ कह दो कट-हुज्जती कर रही हूँ। मगर इस धाँधली से काम नहीं चलेगा।"

"तुम उल्टी बहस कर रही हो, बेकार उसकी वकालत कर रही हो।"

"माज़िद साहब, आपने कभी भूल से ये भी सोचा कि जब...किट्टी जवान होगी तो वह अपने बारे में क्या फ़ैसला करेगी। जब एक-एक करके मोना के सभी आशिक़ कल की बातें हो जाएँगे तो वह बेटी को भी वही रास्ता दिखाने पर मजबूर हो जाएगी जिस पर वह भटक चुकी है। मैं इत्मीनान से घर-बार सजाए बैठी होऊँगी, और मेरी अंतरात्मा मुझसे कुछ सवाल न करेगी, सरन के बाद..."

"सरन के बाद का सवाल कहाँ उठता है। अभी तो वह मज़े से तीस-चालीस बरस और चल जाएगा। बहुत ही मज़बूत और हट्टा-कट्टा धरा है।"

"हट्टा-कट्टा है यही तो दुख है। मजे को रो-पीट कर बैठ सकता है इनसान। सरन हर छः महीने बाद मोटर बदलता है। मोटरों पर रोकथाम है। मगर लड़कियाँ बदलने के लिए उसे छः महीने का 'ग़ोता'

देने की भी ज़रूरत नहीं, कल मैं पोस्टऑफिस से निकली तो वह एक क़मसिन और सुंदर लड़की के साथ ग्रैंड बाज़ार से बंडलों का ढेर लिए निकल रहे थे। मुझे देखकर परेशान होने लगे। उनके किसी दोस्त की बेटी है। बंबई सैर के लिए आई है। ताज में, सरन की कंपनी के एक्जेक्यूटिव-स्विट में ठहरी है।''

''ये आखिरी इत्तला (सूचना) कहाँ से मिली?''

''मिल गई, जहाँ से मिलना चाहिए थी।'' वह बड़े राज़दारी के अंदाज़ से मुस्कुराई।

''बहुत कम बीवियाँ इतनी ग्रेट मिलेंगी जो अपने शौहर की महबूबा के आशिकों की ऐसी देखभाल कर सकें।'' माज़िद की ज़बान की कड़वाहट और ज़हरीली हो गई। आबिदा चोट खाई हुई ख़ौफज़दा निगाहों से तकती रह गई। उसका फेंका हुआ पासा औंधा ही पड़ता है।

''जान बहुत थक गए हो, थोड़ी देर आराम कर लो,'' आबिदा ने उसे सहारा देना चाहा मगर वह हमदर्दी भरे हाथ को झटककर मुड़ गया। उसके ज़हन में आँधियाँ उठ रही थीं। कानों में सनसनाहट हो रही थी। जैसे किसी ने शहद की मक्खियाँ छोड़ दी हों। उसने हारे हुए जुआरी की तरह तकिया पर सर रखकर आँखें मूँद लीं।

माज़िद ने अपने पीछे दरवाज़ा बंद किया और आधे-अँधेरे पैसेज में से होता हुआ ड्राइंग रूम में दाख़िल हो गया। आबिदा एक स्टूल पर खड़ी अपने प्याज़ी दोपट्टे के आँचल से अम्मीजान की तस्वीर पर ख़्याली गर्द झाड़ रही थी। उसने गर्दन घुमाकर माज़िद को देखा, कुछ कहना चाहा मगर शब्द उसके होठों पर ठहर गए। दोनों की आँखों में टकराव हुआ और उलझी रह गईं।

''मम...मज्जन...'' वह स्टूल से एक पैर उतारकर बैठ गई।

माज़िद को शराबियों की तरह लड़खड़ाते देख, वह तीतरी की तरह फड़फड़ा कर लपकी मगर हाथ लगाने की हिम्मत न हुई। माज़िद का जिस्म 'चिले' पर चढ़े हुए तीर की तरह तना हुआ था। उसकी

आँखों में धुआँ घट रहा था।

"तुम आ गए," आबिदा उस पार से बोली।

"हाँ," माज़िद ने बहुत दूर, उस पार से जवाब दिया।

"घर से थके माँदे क्यों गए?" आबिदा ने दर्द भरी 'सबुकी' ली..."लो उधर बैठो।"

उसने उसकी ख़ास कुर्सी खींचकर आगे सरकाई, मगर वह उसी तरह ठहरी हुई नज़रों से उसके आर-पार देखता रहा।

"चाय के लिए कह दूँ," वह बावर्चीख़ाने की तरफ़ जाने लगी। माज़िद की नज़रों से उसे वहशत होने लगी। जब वह चाय की ट्रे लेकर वापस आई तो माज़िद जूँ का तूँ स्थिर खड़ा था। उसके हाथ बेज़ारी से लटके हुए थे। जैसे अपना फ़र्ज़ भूल चुके हों। आबिदा ने ट्रे मेज़ पर रख दी, और क़ालीन पर पीठ कर चायदानी में शक्कर डालकर चमचा चलाने लगी।

"क्या कहा," बिना किसी भूमिका के उसने सवाल किया।

"उसने कहा, तुमसे बात करके फ़ैसला करेगी।"

"ओह!" उसने दो चमचा शक्कर प्याली में डाली। आँचल से केतली पकड़कर चाय उँड़ेलने लगी। "अगर रविवार तक सब्र कर लेते तो कौन-सी ट्रेन छूट जाती। तुम उसके पास क्यों गए? उस नीच औरत के सामने तुम्हें घिघियाने की क्या ज़रूरत थी।"

"मगर तुम तो बिगड़ी बात बनाने में माहिर हो। मामला तुम्हारे हाथ में पहुँचकर खुद सँभल जाएगा।"

"एहसान फ़रामोश कहीं की। उसकी ये मजाल कि वह तुमसे बदतमीज़ी करे।" आबिदा का खून खौल उठा।

"क़तई इसके विपरीत! वह तुम्हारे एहसानों के बोझ के नीचे दबी हुई है और तुम्हारी इजाज़त के बिना कोई क़दम नहीं उठा सकती।"

आबिदा निरुत्तर-सी हो गई।

"पता नहीं चीनी डाली कि नहीं।" वह शक्करदान को बहके-बहके

हाथों से छूने लगी।

"उसका रोआँ-रोआँ तुम्हारी कृपाओं और एहसानों के जाल में जकड़ा हुआ है। तुम्हारे ख़ुलूस ने मेरी बेवफ़ाई के काले दाग़ों की पर्दापोशी कर दी। मैंने उसे दुःख और अपमान दिया, मगर तुमने उसे माँ का प्यार, बहन की हमदर्दी और दोस्त का ख़ुलूस दिया। तुमने उसकी डूबती नाव का पतवार बनकर उसे दर-दर की ठोकरों से बचाया। तुमने रुपए मेरे नाम से भेजे मगर वह अच्छी तरह जानती है कि तुमने अपने ज़ेवर बेच कर..."

"लानत भेजो, लानत भेजो नामुराद ज़ेवरों पर।" वह तेजी से प्याली में चमचा घुमाने लगी।

"आशिक़ तो उसने बहुत देखे मगर तुम जैसी आशिक की हमदर्द और मेहरबान बीवी से ज़िंदगी में पहली बार पाला पड़ा। वह तुमसे काफ़ी भयभीत है।" माज़िद मुस्कुरा रहा था। मगर ये देखकर आबिदा का दिल बैठ गया कि उसकी आँखों में बजाए पवित्रता के व्यंग्य झलक रहा था।

"मैं...मैं" वह बेचैन-सी हो गई।

"तुम चाहो तो मेरी क़िस्मत का पासा पलट सकता है। अगर तुम अपनी सारी कृपाओं और दानशीलताओं का वास्ता देकर उसे हुक्म दे दो कि वह तुम्हारे प्यारे शौहर पर रहम करे, वर्ना वह मर जाएगा, तबाह हो जाएगा और उसका नामुराद दिल जो दरअसल तुम्हारा दिल है, टूटकर चकनाचूर हो जाएगा।" माज़िद ने बड़े ड्रामाई अंदाज़ में सीने पर हाथ रखकर कहा।

"मैं तुम्हारा चहेता मज्जन, मैं तुम्हारा हूँ। मेरा दिल दिमाग़, गुर्दे, फेफड़े तुम्हारे हैं। मेरे कंठ का निवाला तुम्हारे पेट में पहुँचता है। मुझे खाना न पचे तो उल्टी तुम्हें होती है। मेरा अंग कटे तो खून तुम्हारा बहता है। तुम, तुम, तुम मेरा सब कुछ हो...और मैं केवल एक शक हूँ...एक वहम हूँ...।"

आबिदा के होठ हिले मगर आवाज़ न निकली। वह आँखें फाड़े उसे तक रही थी।

''तुम अगर मेरी सिफ़ारिश कर दो, तो वह मुझे सीने से लगा लेगी। फिर मैं तुमसे इजाज़त लेकर उसे अपनी बाँहों में समेट लूँगा और तुम्हारी बेहतरीन दुआओं के साये में उसके साथ...''

''माज़िद...ये क्या कह रहे हो?''

''तुमने मेरे गुनाह को अपने आँचल में छुपा लिया। मैं जन्म-जन्म तक तुम्हारी दी हुई 'नेमतों' को नहीं झुठला सकता।'' उसकी साँस फूल गई।

''माज़िद तुम बहुत थक गए हो। ज़रा...'' वह घबराकर अपने दामन में कुछ ढूँढ़ रही थी।

''मैं आराम नहीं करूँगा।''

''सुनो माज़िद...''

''नहीं, आज मेरे पास सुनने के लिए वक़्त नहीं...आज तुम्हारी सुनने की बारी है।''

''कहो, जो जी में आए कहो...मैं सुन रही हूँ।'' वह अपने हाथों को उलट-पुलट कर देखती रही।

''तुम्हें मालूम था मैं कहाँ गया हूँ?''

''तुम जब ऑफिस से नहीं लौटे तो मैंने सोचा...''

''तुम्हें ये भी मालूम था, मुझे क्या जवाब मिलेगा।''

''मैं...मैंने...'' वह इधर-उधर जवाब तलाश करने लगी।

''तुम तो अंदर का हाल जानती हो, फिर तुम्हें पूछने की क्या ज़रूरत थी।''

''मैं...तो...माज़िद तुम...'' उसका दामन ख़ाली था वह चोर-सी बन गई।

''क्योंकि तुम बिसात का एक-एक मोहरा चुन कर मारने की क़ायल हो।''

"अल्लाह..!" उसके हाथों में कुछ न था।

"और ये तुम्हारा आख़िरी वार था। तुम कई दिन से मुझे उकसा रही थीं। औरत की नफ़रत में चालबाजी है। मैं ये घिसा-पिटा वाक्य दोहराना नहीं चाहता। न ये मेरा ईमान है। मगर! आबिदा तुमने मेरे साथ ईमानदारी नहीं बरती।"

"इस वक़्त तुम्हारे होश ठिकाने नहीं, थोड़ी देर ज़रा सुकून से..."

"सुकून, सुकून, सुकून! मुझे इस शब्द से घिन आती है।" उसकी कनपट्टियों पर मोटी-मोटी रगें उभर आईं, "सुकून का वक़्त गुज़र चुका, सारे मोर्चों की नाकाबंदी कर दी, आज मेरा इस्तीफ़ा मंजूर हो गया।"

"मगर अभी तो तुम और छुट्टी ले सकते थे।"

"ऐसा मालूम होता है मेरी लगातार छुट्टी का वक़्त दूर नहीं," फेफड़ों में जगह की कमी की वजह से साँस बहुत उथली चल रही है।

"माज़िद, मैं तुम्हारे हाथ जोड़ती हूँ," वह बुरी तरह सिसकने लगी।

"अब मैं जीना भी चाहूँ तो नहीं जी सकता," वह बहकी-बहकी नज़रों से दरो-दीवार को तकने लगा। "दिल बस्तगी के लिए कठपुतली नहीं बन सकता। तुम तो खुदा से चाहती होगी कि मैं अपाहिज हो जाऊँ फिर तुम ही मेरे हाथ-पाँव बन जाओ। मेरी ज़बान बन जाओ और मेरी जी भर के ख़िदमत करती रहो।"

"खुदा न करे...मैं तुम्हारे पैर पकड़ती हूँ, अल्लाह," वह सर से पैर तक काँप गई, "और शायद मैंने भी तुमसे मुहब्बत नहीं की। तुम्हें देखकर मैंने सोचा तुम्हारे बिना मेरी ज़िंदगी अधूरी रहेगी, ये मुहब्बत नहीं खुदग़र्ज़ी थी। मैंने अपनी ज़िंदगी को पूरा करने के लिए तुम्हें हासिल किया, और तुमने...तुमने भी मेरी आवारागर्दियों के क़िस्से सुनकर मुझे हासिल करने का इरादा किया। तुम्हें जंगली कबूतर सिधारने का बहुत शौक़ था ना! वहशी जानवर तुम्हारी मुट्ठी से दाना खाने

लगते थे। शब्द उलझ-उलझकर एक-दूसरे पर गिर पड़ते थे।''

''या अल्लाह...या मेरे अल्लाह....मैं मर जाऊँगी।''

''नहीं...तुम नहीं मरोगी, तुम्हारे सीने में यूँ ही धड़कन जारी रहेगी, मेरे बाद मेरा दिल भी तो तुम्हारे ही सीना में धड़कने लगेगा...मैं...मेरा वजूद सब तुमने समेट लिया। अब ये...कभी न बिखर पाएगा...कभी 'पस्ती' में न डूब सकेगा। तुम्हारे वजूद की बुलंदियों के साथ ऊँचा और ऊँचा...मेरी पहुँच से बहुत ऊँचा...मेरी साँस तुम्हारे होठों पर सिसकती रहेगी। मेरी आँखों की रौशनी अब तुम्हारी आँखों में जगमगाएगी।'' माज़िद के मुँह से बेअर्थ आवाजें फिसलने लगीं। तेज़ दर्द से आँखें उबल पड़ीं। चेहरा तपे हुए ताँबे की तरह अंगारा हो गया। वह दोनों हाथों से अपना चेहरा नोचने लगा।

और आबिदा के सँभालते-सँभालते वह औंधे-मुँह आ रहा।

फ़िज़ा एकदम सन्नाटे में आ गई, जैसे बंबई की रूह क़ब्ज़ हो गई। आबिदा के कान सुन्न हो गए, कमरे का अँधेरापन गाढ़ा हो गया। उसने बड़ी फुर्ती से उसे सीधा दीवान पर लिटाया। फटी हुई आँखों को ठंडी हथेलियों से मूँद दिया। बार-बार खुल जाने वाले जबड़े अपने गुलाबी दोपट्टे से बाँध कर, हाथ पहलू में क़रीने से जमा दिए। 'पोनी-टेल' से रिबन घसीट कर उसने पैरों के अँगूठे बाँध दिए और एक आज्ञाकारी बच्चे की तरह स्टूल पर बैठ गई।

एक क्षण के लिए माज़िद की आधी खुली पुतलियों में जुंबिश-सी हुई। उसने कनखियों से आबिदा को देखा। होठों पर मुस्कुराहट काँपी, सीने में उठा क़हक़हा तूफ़ान बन गया...और फिर दुनिया स्थिर हो गई।

माज़िद की आख़िरी नज़र अफ़साने कह गई। ''तुम कितनी सुघड़ हो। तुमने दम निकलने से पहले ही मुझे सँवार दिया, उम्मीद है दूसरी

दुनिया में भी तुम्हारी दुआओं ने मेरे आराम का पूरा इंतेज़ाम कर दिया होगा।''

आबिदा की दोनों कलाइयाँ सुहाग की चूड़ियों के बोझ से थककर झूल गईं। और वह टूटे हुए तारे की तरह अंतरिक्ष में डूबती चली गई। घंटी बार-बार बजे जा रही थी...ये उसका भ्रम था। यूँ ही घंटियाँ बजने लगती थीं। पड़ोस के शौहर दफ़्तरों से लौट रहे होंगे। उसके फ्लैट की घंटी अब ज़िंदगी में कभी न बजेगी। कोई दरवाज़ा खुलते ही उसे बाँहों में उठाकर उसके बासी होठ नहीं चूमेगा...कभी नहीं चूमेगा...। वह क़ब्र में लेटी थी। लोग छत तक लबालब भरे हुए थे...। आँसू बरस रहे थे। दुःख की घनघोर घटाएँ झूम रही थीं। दुनिया भरपूर थी। मगर उसकी ज़िंदगी ख़ाली थी...कलाइयाँ फूल जैसी हलकी हो चुकी थीं। कोरी मलमल के सफ़ेद दोपट्टे में लोबान और कपूर की डरावनी गंध बसी हुई थी।

घंटी बीमार बच्चे की तरह ठुनक रही थी जैसे दूर किसी और दुनिया में उसने बड़े ढंग से बिखरे हुए सपने समेटे और अलमारी में बंद कर दिए। अधबुना स्वेटर उठाकर दराज़ में डाला। पैर से जूते पलंग के नीचे सरका दिए और चुटकी से मोज़े उठाकर कोने में ठूँस दिए।

जब उसने अपना वहम मिटाने के लिए दरवाज़ा खोला तो मोना नाउमीद होकर वापस लौट रही थी।

खटका सुनकर वह पलटी, ''ज़रा आँख लग गई थी।''

''ज़रा आँख लग गई थी।''

''उफ़, आपकी बेटी कितनी भारी है,'' उसकी साँस फूली हुई थी।

''हँसो मत, तुम्हारे मुँह में नाक। लाओ हमें दे दो।'' उसने बच्ची को ले लिया।

''फिर वापस नहीं लूँगी...'' वह बनावटी हँसी हँसकर बोली।

''बातें न बनाओ, कहाँ का प्रोग्राम है?'' वह बच्ची को लेकर

सोफ़े पर बैठ गई।

"पूणा की आख़िरी रेस है, उसके बाद दो दिन के लिए महाबलेश्वर का इरादा था। मगर ये आपको बहुत सताएगी।"

"हमदर्दी का शुक्रिया... सरन जी तो अच्छे हैं।" उसने बात टालने को कहा।

"अच्छे हैं...अक्तूबर में उनकी डाइवर्स के केस का फैसला हो जाएगा।"

"हूँ...चलो मुबारक हो।"

"मैं...कितनी कमीनी हूँ। गरज़ पड़ती है तो इसे आपके सर थोपके चल देती हूँ, और अब तो मेरी समझ में नहीं आता कि क्या करूँ?"

"फ़िक्र न करो, सब समझ में आने लगेगा, शादी क्रिसमस से पहले या..."

"नहीं, देर करने से क्या फायदा। मर्द ज़ात का क्या ठिकाना। न जाने कब बदल जाए। अभी तो लोहा गर्म है। मगर ये ही सोचती हूँ कि...कि..."

आबिदा ने क़तई उसकी कोई मदद नहीं की मगर उसका दिल बुरी तरह धड़कने लगा। जो कुछ मोना को कहना है, खुद ही कहना होगा।

"सरन जी को बच्चे बिलकुल पसंद नहीं हैं।"

आबिदा चुप रही।

"मेरा झगड़ा भी हुआ कई बार...मगर वह ख़र्च देने को तैयार हैं।"

"इस नन्ही-सी जान का खर्च ही क्या और फिर किसी 'मुहताज' की बेटी नहीं।"

मोना की आँखें छलक उठीं।

"मैंने जब ही दे दिया होता तो आप खुशी-खुशी ले लेतीं।"

आबिदा चुप रही।

"मैंने ज़िद के मारे नहीं दिया, मगर मुझे कभी चैन न मिला, ऐसा मालूम होता था मैं चोरी-चोरी किसी और का बच्चा उठा लाई हूँ।"

आबिदा चुप रही और छिंगलिया से **सबीहा** का माँग काढ़ती रही।

"आपने एक बात नोट की...? मुझसे ज़्यादा ये आप से मिलती है। कभी तो मुझे बड़ा गुस्सा आया करता था। मैं सोचती थी आप जादूगरनी हैं, आपने पेट में ही उसे मुझसे छीनना शुरू कर दिया था।"

आबिदा कुछ न बोली। सिर्फ़ मुजरिमों की तरह सर झुकाए बैठी रही।

"मगर ये मेरी मूर्खता थी। असल में ख़ानदानी 'शबाहत' है। माजि़द साहब आपके फ़र्स्ट कज़न थे ना।"

आबिदा ने कोई जवाब नहीं दिया।

"क्या ऐसा हो सकता है एक औरत का बच्चा दूसरे की कोख में पले।" मोना ने सहमी हुई आवाज़ में कहा।

आबिदा के होठ फिर भी न हिले।

"खुदा की ताक़त से कुछ परे नहीं," मोना ने अपने सीने पर सलीब का निशान बनाया और बिना पीछे मुड़कर देखे बाहर निकल गई।

उसके जाने के बाद आबिदा ने सोई हुई बेटी को उठाकर, नर्म-नर्म नींद में डूबी रेशमी बाँहों का हार गले में सँभाल लिया। फिर पंजों के बल चलती हुई अपने शयन-कक्ष में आई।

उसने आहिस्ता से बच्ची को उस जगह लिटा दिया जहाँ कभी माजि़द सोया करते थे। सूनी सेज जाग उठी...जम्हाई लेती हुई वह अपनी जगह लेट गई...। तकिया पर सर टिकते ही वह गहरी नींद में डूब गई।

ऐसी ग़फ़लत की प्यारी-प्यारी हरी-भरी नींद तो उसे वर्षों से नहीं आयी थी।

दीवार पर टँगी हुई माज़िद की तस्वीर की खुली हुई आँखें स्थिर थीं।

मगर उनमें नींद कहाँ?

●●●